とき世

坂上吾郎 小説小閑集 Ⅲ

玲風書房

目次

とき世

坂上吾郎

小説小閑集 Ⅲ

表紙挿画　野見山　暁治

題字　著者

あふれてくる

あふれてくる

二十年も、しんぼうよく
僕と、うすぐらい空間とを庇ってくれた
バラックの低い天井
ふし穴　すす　ほこり。

石のように少しの疑念もなく
落日の残影にとりまかれ
床も傾き
畳も赤茶化ている。

その六畳に僕は
せんべい布団を敷くように
べったりからだをのばしたが

ごぼごぼ他愛もなく
あふれてくる

河原の枯木のようで
かすかな温みのある
てのひらに
ぬらぬら
あふれてくる。

ストマイで死なず
ヒドラジドで生きもできず
薬会社の資本金が、 腹をゆすって嗤ったところで

ごぼごぼ、 胸の奥底に
くれないの旗なみ立て
誰も居ないがらんとした
うす暗がりの中で

あふれてくる
地べたの方から手を伸ばすように。

ひんやり仕合せ

妻のまさ香が死んで、十八年になる。

昭和の最後の年にまさ香は死んだ。まさ香は、年号が平成になったのを知らない。この平成十八年の命日が来れば死んで十八年ということになる。

妻の祥月命日は、六月二十二日である。今年もあと少しでその日がくる。その頃になると、庭の紗羅の樹に白い花が咲く。紗羅の樹はまさ香が死ぬ一年程前に庭師に頼んで植えたもので、人の背丈程の、まだ若い樹が、まさ香の葬儀の日に初めて白い花を開いた。

坊主が読経の合間にふと庭に目を止めて、

「あれは紗羅の樹ですか、双樹ですねぇ」といくばくか感じ入り、「紗羅双樹庭先きに植えて今生の別れを告げし人ぞゆかしき」と、一首詠んでいった。

それから毎年この白い花が、まさ香の命日を知らせてくれて、今年で十八年が回ってくることになる。

この十八年間、頼まなくても花は咲いてくれるが、花は一人暮しの不便のたしにはならない。私はこの不便な日常が来るのを予測したわけではなかったが、一人暮しの練習はしてあった。娘が大学三年のときまさ香は死んだのだが、娘の高校入学以来妻は娘と一緒に暮し、私とは離ればなれで、妻は週末に田舎の私のところへ帰ってきたから、そのころ私は単身赴任だと胸を張っていた。

その思いもよらなかった、まさかの単身赴任がずっと続くことになってみると、これはまるで胸を張るようなことではなくなった。

妻に先立たれると、すぐというのか程なくというのか、再婚する人がいる。いやに手廻しのいい人がいるものだとは思うが、自分がその身になって見ると、なかなかそうは捗らない。

随分奥さんを愛していらしたんですねえ、と言う人がいる。それが単なる世辞なのか、単身は多婚だともいうからかい半分なのか、それとも単なる挨拶のつもりなのか、いずれ他人事であれば、はるか雲の間に見えかくれする飛行機の影を見て、どこへ行くのかと思うくらいの関心もないのであった。

いったい、それでは、私は妻のまさ香を愛していたのだろうか。

私と妻が知り合ったのは、当時としては、若くなかった。お互い三十間近かだった。若くないばかりか私は貧乏で、その上胸部結核、つまり肺病という奴で、血を吐いて入院するところへ、まさ香は立ち会う塡めになったのだった。

それでも、私は懶けものでお金がなかったわけではない。また遊びがすぎて結核になったわけでもない。これは当時の日本の国が、何のことわりもなく私に一方的に押しつけてきた理けもない日常の結果だった。私の境遇は私には暴雨風のような自然現象に対して破れ傘をかぶっているより仕方のないようなものだった。

六畳、四畳の二間に台所の土間のついた家は、母が苦心して建てたものだった。建てて十年余、すでに床は傾き、すき間から蛇が這い出し、雨蛙も飛び出してきた。しかし、これは私の責任ではなかった。いや、我が家には、我が家の貧乏の責任者は誰もいなかった。無理矢理責任者を探し出して追求するとすれば、それは母が時勢に流されて職業軍人と結婚したことだと言うしかなかった。

母は小金を貯えた商人の一人娘で、器量もまあ人並以上であった。明治の女学校がどういう教育をしたのか、私は母から意見らしいことを聞いたことがなかった。とにかく自分の主張をしないことが身上で、

「まあ、そんなことまで言わなくても」

とか、

「仕方がないわねえ」

とか、あとは「ほっほ」と少し戸惑ったような笑みを洩らしたり、ちょっと眉を顰めたりするだけだった。

母方の祖母も、静かに座布団の上に乗っているような、子供を生んだことなど想像できないような人だった。祖父は一代で、倒産した銀行の跡を買うまでになったきびしい人だったが、外孫の私には好々爺で、小学生になったばかりの私に五十銭銀貨をくれたが、私には使い方がわからなかった。

職業軍人と結婚した母の暮しは、おそらく祖母が、必要なだけの生活費用を母に

送ってきたのだが、ときどき祖母は大きなパンを提げて遊びにきた。明治十一年生まれの祖母は、当時五十歳くらいであったか。愛知県のT市から、東海道線に乗り東京で総武線に乗り替え、千葉県のF市までくるのには、片道十時間以上もかかった筈である。

きれいな変体仮名のハガキを書く人だった。

父方は、在郷軍人だった祖父が福島県の郡山の下級武士とかで、明治維新になってから親の仇討をして身を隠し、東京に三年潜伏したうえ東海道を下ってT市に落着いたのだという。その間の物語は新聞小説になったとかで、その切抜きがあると聞かされたが、実際はどうだったか、今ではわからない。

その新聞が仕舞ってある小さな物置は、祖父の家の西南隈に母屋から独立してあった。

T市は、当時から畑にとり囲まれたうららかな間延びのした街で、都会の給料取りが、老後を恩給で暮らすところだと言われていた。

その祖父の家は、T市の東方の向山という地にあった。どこの山に向っているわけでもなかったが、ダラダラとした坂を登ったところに大きな池があった。だが祖父の家は、坂の下の登り口にあった。二百坪ほどの屋敷に、ゆったりとした平屋が上下になった土地に別れて二棟あった。

在郷軍人の祖父の連れ合い、つまり私の父方の祖母は、すこぶるつきの倹約家で、賢婦人であった。十一人の子を生み育て、更に拾った子も一人育て、その上で、乞食が道で遇えば挨拶をしたと伝えられていた。人に施さずにはおられない性分だった。

大東亜戦争の末期、T市は軍都といわれていたが、歩兵連隊が中心で、何等特別の攻撃や防禦の施設もなかった。それでも昭和二十年の六月十九日、アメリカ空軍のB29によるたった一夜の焼夷弾爆撃で市街も軍の施設もきれいに焼け野原になった。

在郷軍人の祖父母は、すでに他界していた。その遺産とも言うべき向山の家は、縁先きや庭の植込みに十一発もの焼夷弾を受けながら、偶然、焼失を免れた。

小学生だった私は、庭に突きささって炎え盡きた六角型の鉄の筒を、昨夜の空襲で赫々と炎える空を思い出しながらかたづけた。

この夜はいつものように空襲警報と共に母、姉と私、弟二人と床下の防空壕に入って身をかがめていた。

屋根の下で砂を掻くようなザァーという音がした。家の屋根すれすれに飛び去って行くのがボーイングB29だなどと知るはずもなく、ただ玄関口辺りで、パチパチと焚き火の罅《はじ》ける音がした。いぶかしげに防空壕から出て見ると、家の向い側、広い道路を挟んだ向うの寺の樹々が焔と煙を吹き上げて炎えさかっていた。

母と子供四人は、向山の坂を登って逃げた。一番の末の弟は一歳と四ヶ月。姉が背負った。坂を登りきって大池の淵までやっと辿り着き、朱く染った空を見返したとき、防空壕の中に父の写真を忘れてきたことに思いついた。姉は弟を背負っている。ここは私だと思ったときは、坂を駆け下りていた。

なぜ、咄嗟に父の写真を取りに返ったのか、今になっては説明できない、そのとき私の胸の中を走った何かがあった。

祖父母が恩給で遺した家、私たち一家が住んでいた家は、偶然戦災を免れて、一面焼け野ヶ原の中に、庭付き二百坪の家は、いやに贅沢な建物に見えた。

物資が極端に欠乏する中で、家が焼け残れば当然、家財も残る、と思われたが、僅かに残りはしたものの、それは全く日用品で、母が言うところのガラクタばかりだった。母の在所には、立派な土蔵が五棟もあった。土蔵には火が入らないと半ば信じられていたので、母は大切なものは茶道具に至るまで、土蔵に入れて安心していた。

しかし、アメリカ軍の爆弾は家や建物を選ばなかった。こうしてわが家は殆んどの家財は空襲で灰塵に帰した上、罹災証明が貰えず配給の品を受取ることもできないことになった。

その上、この焼け残った家をある人に一時貸したとき、ありきたりの日用品だからと、戸棚に置いたままの土瓶や茶碗の類まで、きれいに持ち去られてしまったので、わが家は空襲からは助かったものの、立派に戦争という社会の罹災者になった。その上、何の保障も得られない罹災者だった。

失くなった家財は、それでも家を借りたある眼科医の一家が持ち出したと断言はできず、母は争いごとが嫌いだったから、ちょっと困惑の表情を浮かべて口籠ったまま戦争は終った。

民主主義というのは、我が家にとって無収入ということを意味した。

農地は解放された。農民つまり百姓は田畑を貰って小作農から一人前の農家になった。それは、私の家に保有米という地主に入る米が来なくなったばかりか、昨日までの自分の田から穫れた米を貰うどころか買うことも出来なくなった。

昭和二十年八月十五日から二十四年春、私が旧制の中学校を退めるまでの三年半の間、私の家は、どうして暮したのだろうか。

食べるものがなかった。米の代りに甘藷の干燥切干しや、粗目糖が配給になり、火鉢の上でしゃもじにとかして撹きまぜるカルメ焼きを覚えたが、まるで腹の足しにはならなかった。

学校で、農家の子の弁当は黙って頂戴した。それればかりか農家の子は、薩摩芋をもってきた。小麦粉ももってきた。それは焼芋と、コッペパンに替った。材木屋の子は、焼け太りで裕福だと誰ともなく承知していたので、毎朝バスの切符を何枚か買って駅前のバス乗り場で待っていた。バスの切符には、色鉛筆で朱く番号が書いてあった。材木屋の子は、最後の番号の切符で学校にきた。社会主義というより、寄生経済学とでもいうものを地で行くようなルールを誰も疑うものもなく、それが自然に成立した子供の世界だった。

私にどうしてお金がないのか、聞くものもなく、日向ぼっこの列から十円ずつ集めてきてくれる者が居た。

お米がないのは農地改革のせいだなどということも、誰も知らなかった。寄生地主的土地所有の廃止はアメリカ軍の日本占領による民主化の最重要施策で、農村の封建制打破により農業生産力が向上するというのだが、母子共、そんなこととは露しらず、私の家ではただ食べるものが手に入らなくなって、毎日お腹が空いて困っただけだった。

どれくらいお腹がすいたかと言うと、農地を一町歩取り上げられると、今の物価で一平米三万円、一坪十万円とすれば、一町歩は三億円になる。三億円に対して税率が百パーセントであることになる。所得税が二十パーセントとか定率減税だとか、消費税が五パーセントとか税金はすぐ騒ぎ立てられるが、それが百パーセントとくれば、いかにある日突然空腹にならなければならなかったか想像を絶する現実だった。後に私が肺結核になったとき、身長一六八センチで体重が四十八・五キロになったが、これが骨と皮、つまり空腹の極限の目方で、これより以上は生きている限り減らなかった。

三歳の末弟に蝉を持たせたら、幼児はその蝉を口に入れてあわてさせたのもその頃である。

私は学校を退め、静岡県のH市の鉄工場で働いたが、その会社が倒産して失業した。そんな折、母が偶然に道で出会ったオバサンのところで私は働くことになった。満州事変のころ、父が戦地へ行っているとき、母は祖父の資金で、郵便局をやっていた。その当時、近所だったというオバサンに声をかけられたのだった。

私立学校の先生だったそのオバサンの御主人が、オバサンの商才に乗せられて会計事務所を開いていた。会計事務所とは何をしているところか、初めて聞くことで見当もつかなかったが、私は生きるためには何か仕事をしなくてはいけなかった。

「資本金というのは、どういうお金ですか」

と、聞いても、誰も返事をしない。変な少年がきたな、という顔をしている。十人ばかりいる人たちは、陰気で年取って見えた。いや、女の人もいたのだが、口数の少ない人ばかりだった。

私は朝七時頃に出勤した。秋の深まる頃に入所したので、すぐ寒くなった。事務所の真ん中にダルマストーブが置いてある。燃料はコークスだが、毎朝昨日の燃殻からまだ燃えそうなのを選って、新しいコークスに混ぜてストーブに火をつけた。

いくら初めての仕事でも、これなら簿記を知らなくても出来るから、朝は少し早いし、指先も冷たいが、まあ、何となく先輩たちに認めてもらえそうだと思った。

ところが、簿記というものは意外に簡単なことがわかった。これは、もともとお金の計算をする規則だということくらいはすぐ判った。お金の計算というのは、入金と出金の二通りしかない。だから原始記録というそもそものものは、記録といったところで入金と出金とを書いたお金の出し入れ、つまり出納帳しかないのだ。

入金はどういうわけか左側に書いてあり、出金は右側に書いてある。これもあまり意味なんかなくて、ただ入金と出金とを解り易くしただけである。出納帳に書いてあった入金と出金にはそれぞれ分類するための名称をつけ、これを勘定科目といって、勘定科目別の元帳という帳簿に転記する。この単純で根気勝負の陰鬱な作業が主な仕事であった。そのとき、左側の入金欄を元帳の右側の欄に、右側の出金欄を元帳の左側に転記する。これがつまり簿記というもので、元帳の左側と右側を、借方、貸方と呼ぶことで、いかにも難しそうな装いが施されているようだった。

もっとも、経営の原始記録が入金と出金だけしかない飲食店のような業種は、それでよかったが、すこし経営規模が大きくて、複雑な取引の事業所のものは、現金や預金の入金、出金以外に、本来の簿記の仕訳が必要になる。

これは少し厄介だが、取引の形態は繰返されるので或る程度馴れることが理解することだった、元来これも単純作業には変わりなかった。立派な大学では簿記は教えない。簿記は商業高校で教えるものだから、あまり高等の学歴のいらないのも私には何よりだった。

簿記の法則のような、実務の仕事は、元来学歴などとは無関係である。後に税理士の試験を受けることになったのだが、簿記を習ったことのない私は一回で合格した。商業高校で簿記を習った人で何回もかかって合格する人もいた。実技の仕事は、あまり実務に精通してしまうと、余計なことまで考えすぎて、反って合格しなくなることだってある。私のように、学校で勉強したことがない、試験勉強をする時間もない、つまり言うところのぶっつけ本番というのは自分の考えだけが頼りだから忘れるということがない。

しかし、会計という仕事は簿記はもちろん必要だが、計算が大事なことは言うまでもない。私はソロバンというものを知らなかった。もともと軍人という戦争を商売にしている家の息子にはソロバンは必要がなかった。家で、小学校の教科書のどこかにソロバンが載っていたのを思い出し、火の気のない、隙間風の冷い机の上にソロバンを置いてパチパチやった。だが、指先はかじかみ、時間ばかりがすぎていった。

労働基準法などという法律がいつ頃できたものか、その当時は、私たちの事務所では全く関係がなかった。夜八時になると、

「あと四時間ある」

と、自然に指を折った。十二時すぎて帰宅すると、すぐ寝る。夕飯は事務所で、にかけうどんを毎晩食った。二十五円だ。計算器もなく、ましてコンピュータなど

言葉もなかった当時は、人間が眠らずに働くしかなかった。ただ書類の提出期限だけがどんどん迫ってくる。新前だろうが、ベテランだろうが、責任はすべて担当者にある。

もとは学校で数学の教師だった事務所の先生は、夕方六時半頃になると

「それじゃあ、頼んだぞん」

と、一言残して奥へ入ってしまう。

ときどき奥さんが

「ねえ、ねえ」

と、甲高い声で事務室へ顔を出すことがある。

「今日、集金は、これだけなの」

奥さんはいかにも困ったような、不気嫌な顔をして、誰の返事をきくでもなく、また奥へ入ってしまう。

会計事務所の給料は能率給だった。

一件の顧問先の報酬が月に二千円から三千円くらいであったから、職員一人で四十社を担当すると、平均二千五百円で、ひと月十万円の報酬になる。職員の能率給は、三十パーセントから、自分の助手の女子職員の給料を負担する仕組みだから、三千五百円の助手が二人いれば七千円引かれる。十万円の三十パーセントから七千円引くと、給料は二万三千円になる。

これは、この事務所で一人前と認められた場合のことだが、この二万三千円という金額は、当時では、民間病院の勤務医の給与に匹敵した。そのため、依頼先の会社に責任のもてる仕事をしようとすれば、一日の休みもなく毎日十数時間働き続けても、なお時間が足りなかった。

戦争中にうえつけられた責任感という奴は、相手が国家や天皇でなくても化物のように肌に染みついている。まるで衝動的に責任が覆いかぶさってきて、シジュホスの神話など知るまでもなく戦時歌謡曲のようなヒロイズムに成り代わった。それで、職員は次ぎつぎと結核になった。

その当時結核といえば肺結核だった。ある日突然、キレイな血を吐いて、それが不治の病の宣告だった。

結核は、過労がもとである。栄養も、もちろん足りない。しかし、睡眠不足も、過労も、栄養不足も、それは皆本人の責任であった。ささやかな自己満足の代償のためとは言え、能力給がその自己満足を間違いなく促した。だから、肺結核やら、自然気胸やら、何人も死んだが、涙を流す者もなく、残った者は自分は死なないという不合理主義を信奉しているようだった。

私は入院した。S病院という病室が三十ばかりの個人病院で、院長は食料難がどの国のことかと言わんばかりに福々しく、今日なら間違いなくメタボリックシンドロームだったし、これも日本女性としては大柄で太縁メガネのO女医さんがいた。

彼女は、私の傷病手当金の請求用紙を見て、

「まあ、あなたは高額とりなのねえ」といったのが第一声だった。

幸いこの高額が私一家の生活と、終戦以来の借金に充当されたのだった。

昭和二十八年。当時結核には薬がなかった。芹沢光次郎の「パリに死す」に出てくる人工気胸療法が唯一つの頼みで、私も脇の下の肋骨の横に穴を明けられて、肺と肋膜の間に空気を入れられることになった。

その時突然、人生とは何かが突然でてくる劇中劇のように、突然、人工気胸療法に替る結核の化学療法、つまり服用薬が健康保険の適用になったのである。

会計事務所は女工哀史を凌ぐ労働を、しかも自発的に行わせるシステムが考えられていたにもかかわらず、どういう訳か政府管掌の健康保険、厚生年金には加入していた。その制度の助けもあって、わが国の結核療法の歴史が、突然変わることになるその変り目に私が立ち会うことになったのである。

その上、私はそのS病院で、全く予想もしていない一人の少女に出会うことになる。

ひなちゃん、十五歳。中学を出て准看護学校へ通いながら、S病院で働いていた。住込みである。

私にとっては、肺結核以上の突然が訪れたことになる。

私の結核には思い当ることがあった。ガンというのは、あいつは会社のガンだというように、どうにもならんことの譬えであって、実際に病気のガンはまだ聞いたことがなかったから、当時一番恐ろしいのは結核で、しかも、結核は不治の病といわれたばかりか伝染病で、「うつる」という。そのまたうつるのが空気伝染だと言うから、尋常ではなかった。

会計事務所へ就職したのが昭和二十四年の十一月で、翌昭和二十五年には、所得税の青色申告制度ができ、法人税では資産再評価法が施行された。続いて昭和二十六年に、商法の大改正があり、偶々私がとび込んだ税務会計の仕事の環境はそれまで一番ものを言っていた経験に頼れないことになった。事務所の中は大波にもまれるどころではなかったが、しかし、会計事務所の先生にとっては、またとない幸運で、未知の仕事であっても、仕事がどんどんくるのだから、陰気だった先生の話し声もかん高く張りがあった。

こうなると、簿記の原則で帳面をつけることなど、静かな海底の問題で、海面の大波には、先輩たちの実務経験がまるで役に立たなかった。私は若いし、既成の知識がないため頭の中が疎いていて、私の頭には新しい問題は入り易かった。

新商法で、私が最初に株式会社の設立手続きをした。資本金が三百八十万円というのは、そのときこの地方の法務局で一番大きな会社だと言われた。

松川物産株式会社の社長は、会社の奥にあった座敷に布団を敷いて寝ていた。軍隊帰りの大番頭の山川さんが、心配してくれたのは、社長が結核だということだった。

病気になるかならないかは、これから先のことで、肺病がうつるとかいっても、社長の肺病が私にうつるかうつらないか、今は、誰にもわからない。それに較べれば、そこの会社で、結核の社長の枕元で、社長から聞かなければ出来ない仕事は、今、やらなければならないことばかりである。

社長が肺病だろうが、寝ていようが、税金は公平に課税されるばかりか、少しも待ってはくれない。

やるしかない私は、躊躇うことなく、毎日社長の枕元に通った。その結果だと、他人は簡単に定めてしまうが、本当の原因は誰にも断言はできない。が、当然のように、私はまぎれもなく肺結核という、何の予備知識もない病気になった。

私の病気を説明するものは唾を吐くと、赤いものが混じること、レントゲン写真を見て医者が、

「右肺にはっきり翳がありますねぇ」

と、何だか笑顔をつくって言ったことだけだった。しかし、病院のベットに入ったら、朝になっても醒めない程に寝込んで、一夜で本当の病人ができ上ってしまった。

「検温でーす」

可愛らしいひなちゃんが、ニコニコして体温計を置いていく。ついでに
「お変りありませんかー」

と聞いてくれる。

彼女にとって、それは、単に毎朝の仕事の手順の空欄を一つずつ埋めて行くだけのことである。時計の針の役割と少しも変りなかったが、患者たちには天井から洩れてくる朝の光のように眩しいものだった。

私は、まるで彼女が私だけに特別の頬笑みを置いて行ってくれるように思えた。看護婦は殆んどが准看護学校に通っている給料の安いものたちだったから、ひなちゃんの先輩たちもみな若くて、美人の必要はなかった。

先輩看護婦で、何となく看護婦たちを取りしきっているような、たつ子さんが検温にくると、私の右手に指先を当てて脈を数えながら、横目で私を睨んで行った。ひなちゃんのことを揶揄しているのか、たつ子さんが私に気があるのか、意味がわからないまま笑顔を返し、結核も悪くないなあ、と思った。

ある日外泊許可をとっていた私は、たつ子さんとひなちゃんと三人で、夜遅くなり、たつ子さんの部屋に泊ることになった。二十一歳の私は、剽《ひそ》かに期待をもった。

ひなちゃんとは、看護学校の帰り道で待ち遇わせて、とりとめもない立ち話をした。話すといってもひなちゃんが知っている看護婦コトバはドクターの他に、クランケとエッセンくらいのもので、私はさしずめクランケだった。しかも、ほんの僅かな時間の、顔を見合わせるだけのような出会いなのだが、別れるときひなちゃんは昏い夜道にいつまでも手を振っていた。

純情一途のひなちゃんに較べれば、たつ子さんには女が匿されていた。たつ子さんの目はひなちゃんを誘っておいて出し抜くような瞬きを見せることがあった。いよいよ就寝どきになり、二枚並べた布団の繋ぎ目のところ、つまり私が眞ん中に、両側にたつ子さんとひなちゃんが、川の字という理想形になった。

二人とも、日頃から親友をもって自任していたから、この形には何の拘泥りもなかった。それでもたつ子さんの声はいつもより甲高く感じられた。

私は、二十一年の人生で、こんなに仕合せに感じた瞬間はなかったと言わなければならない時刻がすぎようとしていた。どのくらい経過したのだろうか。だが、実際には、とんでもないことが起ったのである。

このときのことを思い出すと、何十年も経ち、今、たつ子さんもひなちゃんも何の消息もなく、あどけないお婆さんになってくれていればいいがなあと思うだけなのである。その日、何ということか、あくる朝の眩しい陽光に気がつくまで、三人共、ぐっすり寝込んでしまったのである。

ひなちゃんと私とは、その後しばらくして二年程一緒に暮した。ひなちゃんは、こんな正直で、純な女性がいるのが不思議だった。色白で右の頬にくっきり靨《えくぼ》のまる顔で、小柄でいつも小走りにまめまめしかった。

私とひなちゃんは別れた。ひなちゃんは何の荷物もなかった。私の部屋には、私のものも何もなかった。二人はただその日その日を暮しただけだった。ひなちゃんは何も言わなかった。一度後を振り返った。

エセ貧乏人だと、ひなちゃんは私のことを心の中で思っていた。が、私を批難したりせず、いつも私のことは好きだったのだ。ひなちゃんは、子供のいらない私のところを去って、もっと純粋に貧乏人のことを考えてくれる筈の共産党員の男と一緒になった。

子供を産んだひなちゃんは、きっと仕合せだったたと思う。しかし、ひなちゃんはやがて一人に戻った。生活のために就職した会社の仕事を、社長を説得して私の事務所へ持ってきた。少し齢とった、丸くて白いひなちゃんだった。私に対して、何かを要求するものがあるとすれば、ひなちゃんこそ、第一等の権利のある人なのに、ひなちゃんは、何も言わず、いつもにこやかで、その会社が倒産して、私の前から居なくなった。

目の色

砂浜を海水が浸すように、私の心の隙間に一人の女が現れた。
その女《ひと》は、一種の聞き上手というのだろう。色白で、すらりとした容姿は装《かざ》らないのに若く見えた。澄音をたてず、振り向くと、そこに笑顔があった。
「あのォ」とか、「あれはネ」とか、ちょっと鼻にかかって、それだけで忍び寄ってくるような感じで話しをきり出し、用件が済んで雑談に移るとき
「変な話、それがね……」
と、自分の話しに自分から「変な話」と、変な形容をして話し出すのが口癖だった。
女は、いつも、約束の時間に遅れてきた。いくら待ち馴らされても、だんだん苛々してくる。だが、私の目の前に形よく膨らんだ胸が深く息づき乍ら現れ、私の口もとが抗議しようとするその瞬間に
「すみません。変な話ね、ちっとも話が終らないのよ、ワタシはね、あなたのこと気になって、もう行かなきゃあ、もう行かなきゃあと思うのよ、でも、やっぱり

目の前の人を振りきってまでは、こられないでしょ」

と、口元を緩める。そこに四十に手の届いた笑窪があった。

「その女《ひと》ってどんなひと」

妻に問われるまゝ、あるとき三人連れ立って食事に行った。

帰ってきて妻は、やゝあきれ顔に
「とても、あの女の真似はできないわ。あなたのお相手は、あの女に任せるわ」

と、言った。

妻の顔には、少しばかりの侮蔑と羨望とを含んだ笑みがあった。

聞き上手というのは、相手の話に逆らわない。たとえ、ちゃんと聞いていなくても、たゞ頷いているだけで、彼女のように胸のまるみで答えていれば、相手が男ならそれで充分だった。

たとえ妻の笑顔が「愛情のない従順は悪徳よ」と言っていたとしても、そのときはそれだけだった。

その女と私の間をだんだん妻が疑うようになった。

しかし、その女は突然私の前から居なくなった。

その女は、山深い平家の聚落の末裔で六百年も続いた旧家から、山を降りた街の町工場へ嫁入りしてきたのだった。夫はすこぶる善い人で、夜道に行き仆れの人を見て連れて帰り一つ寝床で夜を明かすような人だった。夫は善い人である代りに工場での実権は年老いた舅とその後妻が握っていた。

嫁のその女が経理を代行していたが、旧い家族制の中で育ち、古い家族経営の工場で彼女の日常はただ目の前を通り過ぎるだけが、生活真実だった。

毎年、工場の暮のボーナスはまるで小説の題のように、暮の二十八日に支払っていた。私が、その女に、「貰った工員さんが暮の買物に困るだろう」どうせ払うお金なんだから、もう少し早く、せめて二十日にでも支払えばよいのに、と話した。

その女は、私の話をにっこり頷いて、

「そうね、お義父さんに話して、そうするわ」

と、なんの躊躇いもなく工場の権力者に対して、さらりと言った。

年が替って、工場で工場長にあったとき、私はその話をした。

「うちの工場でそんなことする筈がないですよ。賞与は例年通り二十八日でしたよ」

と、工場長はいった。

私は、しばらくたったある日、ふと彼女にそのことを聞いてみた。彼女は、帳簿を見せるようにして、「この通り間違いなく、あなたに言われた通りに二十日に支払ったわ」

といってちょっと目を伏せた。

そのことが、やがて、女が私の前から姿を消すことのきっかけになるのだが、それというのも、たかだか例年通りの年末ボーナスの話で、女は、私に言われた通り十二月二十日に記帳だけはしたのだった。だが、それは記帳しただけで実際には老社長が二十八日に支払ったということだった。

「いつもそんなふうにして暮すの？」

と、私は他家の因習などかまわずに、心に少しひっかかりのある言い方をした。

その女には、この手の話は言いのがれなどではなくて殆んど日常のことだったので、胸の膨らみが締めつけられたのかも知れなかった。

その女がそのまま居なくなったとき、なぜかふと思い出したことがあった。いつだったか、女は何か思いついたように急に私に顔を近づけて、

「あなたが年とってネ、あなたの回りに誰もいなくなっても、私が必ずいてあげる」

と、いった。

そのとき、私は、あまり唐突のことであり、彼女の素振りと言葉に何となく違和感があったので、私の応態にためらいが感じられたのか、
女は、

「私の目を見て頂戴」

と、言った。

言われるままに私は女の目を見た。だがその目はただ、茶色に濁って見えた。

私の前から、突然居なくなることで、私とその女は別れることにはなったが、居なくなった女から、手紙がきた。

「今までの私の生き方は、やはり間違っていた。ひとりで、これから東京へ行って生まれ変わってみる」

彼女は自ら口先と、その場だけの人間だったことを認めて、後悔しているように思えた。が、私は女が目の前から居なくなってみると、たとえ目の色が茶色であろうと、どういうわけか、まるでこの世に女は、その女しかいないように気がせかれ、胸の奥の方で何かが騒ぐのを押さえることができなかった。

しかし、彼女は独身ではない。子供は居なかった。私は、わけもなく、その女は、いったい何處へ行ったのか、もしものことがあったらと、本気で心配しなければいけない気になった。これはしかし自分のことを心配しているのと、少しも違いはしなかった。

手紙には東京へ行くと書いてある。私は、すぐ谷口さんに電話をかけた。深夜の電話だったが、谷口さんは、いつも囲碁の相手をするときのように、穏やかに、電話の向うに笑顔が見えるようだった。

私はひと通りの経緯を話して、女の乗っている車のナンバーを言って、どこかの検問で見つけて欲しいと頼んだ。

その方に顔のある谷口さんは、笑いながら、

「そりゃあ頼んであげるけど、箱根辺りから手紙が投函されたのなら、東京じゃあないね、たぶん信州方面じゃあないかな」

と、独り言のように呟いた。

谷口さんはとにかく手を尽してみようと、私を安心させてくれた。

後になって見ると、女というものは、そんなことで人騒がせをするだけだから心配することなんかないのに、と、いうことだったが、そのときは、私の軀の中を、

得体の知れない喪失感がぐるぐる駆け回った。

谷口さんが警察の検問のことを引き受けてくれたものの、私はやっぱり熟《じ》っとしてはいられない。膝をがくがくさせて坂道を下るような気持ちで、松本君に、話をもちかけた。

ゴルフの遠出のとき、運転手をしてくれる松本君は、いつもの軽い調子で

「じゃあ、彼女の探索に行きましょう」

と言った。松本君には十歳年上の奥さんがいた。彼女とはもう結婚して二十年も経っていたから、何年前のことになるか、二十歳そこその松本青年が三十過ぎの女を口説いたことになる。

松本君はゴルフで日焼けした黒い額にぱらりと髪をたらし、口元はいつも微笑みかけているような、優しさの中にキラリと精悍さが光るところがあった。若かった日、松本君は、十歳年上の姉さんのような女性のアパートへせっせと通ったものの、相手にしてくれない。ある夜、彼は意を決し、アパートの塀を攀じ登り、二階の窓

から彼女の室へ侵入した。びっくりした彼女を有無を言わせず押さえつけて意を達っしたのだと言う。だが彼女は、いきなり押さえ込まれてさぞや無念の思いをしたのかと思えば、この思い出をまるで勲章を掲げるように実に晴れ晴れと声高に、誇らしげに、誰彼なく話して嬉しそうだった。

私が松本君に、彼女のどこがそんなにいいんだね、と聞くと

「そりゃあ、うん、うう」

と彼女の胸から腰の当りにチラリと目をやりながら、心にもない世辞を言った後のように彼は、小声で口籠るように

「嬌声《こえ》」

といって両手をもぢもぢさせた。

姉さん女房と彼は、厭きずに喧嘩をしてはからみ合い、どういうわけか二十年過ぎたのだが、松本君には、今は若い女がいた。

ランちゃんというその女は「蘭」というバーを開いていた。あまり高級ではない

バー「蘭」はカウンター席がせいぜい三、四人でいっぱいになった。

ランちゃんは国籍も戸籍もない文字通りの一人ぼっちで、その上、計算がまるで出来なかった。

松本君の義侠心は、この手の女性のために保持されているようだった。ランちゃんの店では、カウンターに坐ると、何を飲んでも飲まなくっても勘定は五千円だった。初めての客は、驚くこともあったが、ランちゃんはまるでとり合わなかった。ランちゃんは、女には違いなかったが、松本君の義侠心がランちゃんを女にしていたということだったのかも知れなかった。客は回を重ねるうちに、自分で五千円くらい飲んで帰るようになる。ランちゃんはその日が暮らせればよいのだから手許に残った金がその日の売上で、つまりその日の生活だから計算などする必要はなかった。

松本君は、女房の前では中学生が母親の顔を伺い見るようなところがあったが、「ラン」ちゃんのところでは、屈託なく寛いでいた。

しかし、松本君はまるで遊んでばかりいるわけではなかった。彼にも歴とした職業があった。職業どころか、彼は愛待工業（アイマツコウギョウ）という会社の社長なのであった。彼の信条は、すべての物事は愛情をもって待つことで成就するというのだった。では、その愛待工業は何をする会社かと言えば、小さな町工場に仕事を割り当てるように発注する謂ゆる製造請負問屋であった。

松本社長は、親会社から下請工場の仕事をまとめて貰ってきて、何社かの小工場に割当てて、加工させる。それで各工場が加工したものを集めてきて、まとめて親工場へ納入する。つまり、簡単に言えば部品加工のピンハネなのだが、彼はこれこそお互いの愛待だというのだった。

しかし、滅多なことでは上場の大手工場の門をくぐることなどできない小企業にとっては、まるで雨乞いでもするように、願いを込めて天に祈るようなことだった。だから、松本社長は、仕事をとってくる天才だと皆思っているのだが、彼の風采は、どうも天才には見えない。そこで、天の下には雲がある。彼は仕事の雲才である。雲の松ちゃんというのが彼の通り名になった。つまり、雲の松ちゃんとは彼を待っていれば彼が雲に乗って仕事をもってきてくれるというほどのことだった。

松本社長はどうして大手に食い込むことができるのか。何と言っても第一は、松本君の人柄である。その上、彼は器用だった。

松本君の得意技は勿論女である。女の年令は問わないと彼は豪語していた。しかしそれだけではない。ゴルフも彼の得意技だった。彼はハンディキャップ十一だから、驚くほどの腕前ではない。飛距離もあまり出ない。しかし、アプローチとパットは、それこそ雲才ならぬプロ顔負けの天才の域に達していた。

親会社の若い社員、新入社員は、順次松本君の手ほどきを受けることになっていた。彼らは今は新入社員だが、十年経てば、係長になる。松本君が奥さんのアパートの二階から入り込んだ頃の新入社員は、今は課長になっている。

松本君は仕事といって、一日おき、いや五日のうち四日はゴルフ場にいる。芝目なんかグリーンに線を引いたように見える。その上をころがすだけだと、パットの名人は言った。
アプローチの名手は仕事のアプローチもやはり芝目のように読める名人だったのだろう。

松本君は張切って運転席に座り、私と二人で芦ノ湖の周囲のホテルを探しに出かけた。随分根気よく走った。こんなところに道があるのかと思うような山の中を松本君は日がとっぷり暮れても何食わぬ鼻歌まじりに走り抜け、一軒一軒こまめに旅館やホテルを当った。だが、私たちの探索は徒労に終った。彼女の行方は杳として知れなかった。

三日すぎて、彼女は、無事に見つかった。見つかったというより、自分から夫のところへ電話をかけてきた。谷口さんが言ったようにやっぱり信州だった。彼女が新婚旅行に行った旅館に彼女はいた。

それが、夫のもとに帰る彼女の知恵だった。

東京の谷口さんに私は電話をかけた。

やっぱり信州だったこと、つまらぬことで大騒ぎして申し訳なかったことを詫びた。

すると、谷口さんは、

「何も、あなたが謝ることなんかないよ、人はね、もしも、というときには、できるだけのことをするものだよ、だからあなたのしたことは間違いじゃあないですよ」

電話の向うに歯切れのよい、端正な紳士の顔が泛かんだ。

こうして彼女は、茶色の目と、こだわりのないしなやかな裸形の思い出を残して私の前からいなくなった。

私は松本君の義侠心と、何よりも、谷口さんの友情の温かさを知った。

妻のまさ香は、この騒動には、いつもそうするように関心のない装いであったが、

「車の運転ができるといいわねぇ」

と、信州までも走って行った人騒がせな女に対して一言いった。

その後茶色の濁った目がどうなったか、私は知らない。

小閑

木の家

長い間、私の住んでいた家をとうとう壊した。それは木造の建て坪、わずか十二、三坪に過ぎぬ平屋建ての粗末このうえもない家であった。建ててから二十年、四、五年前から床が傾き、畳が沈んで床下から家の中へ蛙がとび込んだことがある。壁をヘビが這ったこともあった。それでも、その家は、母が敗戦直後に苦心して造ったものである。

豊橋の街がほとんど戦火で焼かれたとき、当時、私たち母子が住んでいた家は、奇跡的に焼け残った。しかし私たちは焼け残った家、戦死した父方の持ち家を突然追いたてられたのである。庭に十一本も落ちた焼夷弾をかたづけたときには、思いもよらなかったことであった。

そのとき、収入の途も絶え世事にうとい母が、混沌たる世情の中で、およそ金銭に換えられる物、キモノやフトンを、残らず売り払って造ったバラックに私たち母子五人が移り住んだのである。私は旧制中学校の二年生であった。

焼け残った家は、かなり広い屋敷で、高低に分かれた隣接地に、二軒の家が建っていた。私たちは低い土地にある広い方の家に住んでおり、高い土地の方のやや狭い家には留守居の人が幾年にもわたって住んでいた。私の父の兄弟が豊橋にいることが少なかったので、自然に留守居の人もきまっていたものである。

さて、私たち母子を、その留守居の人とともに、つまりあの焼け野が原に残った二軒の家を同時に明け渡すように要求してきたのは、恥ずかしい話だが私の戦死した父の実弟であった。その家は父の兄弟のうち、長兄に子がなかったため、末っ子である父の弟の名義になっていたというのが〝家主〟である叔父の言い分であった。

私の父の家は、在豊の兄弟が、ここに住むという不分律が長く行なわれていたものであり、先祖の供養等もまた同様であったが、敗戦、父の死、世間知らずの母、という条件に加えて、物資の窮乏と経済のインフレで、一片の道義すら顧みられなかった当時のいきさつを、インクの色もさめた叔父からの立ち退き要求の手紙が今も雄弁に物語っている。

とにかく、私たちと留守居の人は共に立ち退かされ、母の建てたバラックは、五万円の契約で建築中に、インフレが進行して最後には十五万円になったが、雨露だけはどうにかしのげるものができたのである。叔父は以来二十年、父祖の地向山で開業医を営んでいる。建て物も近代建築に変わった。音信は一度も無い。

私は長男であったので、母のバラック建造費で学資をなくし、学業半ばで働きにでた。下山事件、三鷹事件が相次いで起こった頃であり、父が戦死して片親の私は、銀行などでは採用してくれなかった。当時の小企業の労働条件は、一日十五時間ぐらい働くことが普通であったから、あまり頑健な質でなかった私はたちまち病気にとりつかれた。独学と結核の治療は、それ以来私の肉体が生きるための属性になったのである。

◇

母の髪を一秋にして白毛と化し、私に独学とむしばまれた肉体とを与えたバラックの家は、三時間ばかりで苦もなく解体された。激浪にもまれてつかれ果てたかのように、その残ガイは静かに運び去られて行き、非情にふるまった叔父への遺恨も風化されて、ただ世の中の経済的条件というものが、どんな人間をつくりだすかという観念だけが、手狭な空間地に残った。いま、その空き地に、ようやく世間なみに〝木の家〟と呼ばれるものが建てられつつある。

医師と人格

今、私の手もとに富士正晴著「パロディの精神」という一冊の本がある。表紙をめくると本の扉に「一九七八・四・二、於京都書院　坂上吾郎様　富士正晴」と例の大変な達筆、つまり子供のような大らかな署名がしてある。

だから私が富士さんに会ったのは、昨年の四月二日なのだが、そのとき彼は大変元気で「島尾敏雄は人間ドックへ入って、どこも悪くないと言われて出てきた翌日に死んでしまった。ワシは医者などにかからんで」と、水割りをおいしそうに手にしていたが、果たしてその三カ月後の七月十五日、予告した通り医者の手を煩わさず率然として世を去った。

私には医師の知友は少ない。人生の先輩に当たる元国立豊橋病院長・彦坂功先生、長屋重明先生、子供がお世話になった小児科の富田先生、それに私が若いころ、結核で何年もご厄介をかけた清水精夫先生のほか、若い方では名古屋で皮膚科を開業している田中久雄先生、もっと若い人で豊橋市民病院の整形外科部長大石幸由先生などである。

いずれも共通していることは、それぞれ実によい人たちで、年配の先生方は人格識見ともに優れ、お会いしていて心なごみ、安心で楽しい人たちであり、若い先生方は実に謙虚ですがすがしい人たちである。また、いずれの先生もあまり金もうけとは縁のない方々である。

昨年、私は家族に突然病人ができて、以来はからずも人間関係ではなく、医師と患者とその家族という立場で、何人かのお医者さんと接することになった。そこで、しばしば驚かされたのは若い医師たちの態度や言葉遣いの無造作というのか、乱暴といったら言い過ぎか。とにかく、ハッとすることがしばしばあることである。

医師はときに生死にかかわる判断をするわけであるから医師の一言は聞くものの人生のうえに大きくおおいかぶさってくる。豊橋市民病院という病院があるが、この名称は豊橋市が経営しているという意味なのか、あるいは豊橋市民のための病院という意味なのか、それともその両方であろうか。とにかく語感としては、豊橋市民の病院という響きで私たちは受けとめていると思うが、そこに働く医師や看護婦はどう思っておられるであろうか。

私の見聞した中に、自分の親ぐらいの年配の、それも女性の患者を前にして「どうだ、少しは楽か」などと、患者の体の一部を突っつくようにして言ったりする。当然、その態度は傲慢であり謙虚さや、やさしさの感じられるものではない。また病室で出会えばあいさつするし言葉も交わすが、廊下などですれ違うときは、まったくのアカの他人というふうであったりする。

患者やその家族が医師と接する機会は、意外に少ないのであるし、それであるからこそ、そのわずかな機会の一言二言が大きくモノをいうことになる。例えば毎日、ほとんど食べ物がノドを通らなかった患者が若いお医者さんのやさしい言葉から急に食べる意欲を起こし、少しずつ食べられるようになったりすることもあり精神的作用は意外に大きい。

それは、その医師の生得の人柄であり、彼が特別に人格を磨く努力をしたわけではないであろうが、やはり医は仁術であって、検査・投薬・手術といったメカニズムだけでは決してない。

彦坂先生が国立病院に在職中、入院患者の一人を外来で診察して「ああ、キミのは少し時間がかかるから、今度の日曜日に治療してあげよう」と、こともなげに言われるのを聞いたことがあった。富田先生は大勢の子供や母親たちにとり囲まれた中で、お昼の弁当を食べて診療を続けられた。その富田先生が尊敬する清水先生は毎日、外来の診療を終えられた午後二時か三時ごろ、一人で近くの食堂へ昼食に出かけておられた。医師が「お医者さま」であり「先生」であったころの昔話である。

最近、私は看護婦の連絡ミスなどがからんで一晩中、徹夜看護をする羽目になったことがあった。翌朝、前夜から朝にかけての出来ごとについて婦長と立ち話をしているところへ現れた若い医師が、何を思ったか不良少年がおどしをかけるように肩をそびやかして、私に詰め寄る素ぶりを見せたのである。かねて彼の言動を心よく思ってはいなかったが、その場は婦長があわてて彼を連れ去ったのと、私がすでに初老を過ぎ、血気が失せているので何も事件にはならなかった。

が、この若い医師は研究熱心で優秀な医師であるということであればこそ、―鹿追う猟師山を見ず―ということにならぬよう、医が臨床を忘れず、患者と医師、患者の家族と医師の関係がどうあるべきかが問われねばならない。医師の人格について、考え直さねばならぬ時代であることを痛感せずにはいられない。

誰しも富士正晴のようにはいかないのだから。

ここに幸あり

「太朗串」へ足煩げく昼食を食べに行くようになったのは妻がわが館を損《す》ててからしばらくして、或る人の案内を受けてからである。その店は、そろそろ中年と言える年のころではあろうが、私から見ればまだまだ若い小倉広君夫妻がかいがいしくお弁当のサービスにつとめ、安くておいしいのである。その小倉君から、二、三日前に一冊の本を贈られた。

「ここに幸あり」大津美子さんの本である。表紙と扉をあけると、坂上吾郎様、大津美子——といかにも華やかな歌手の雰囲気のただよう筆跡の署名が入っている。私は大津美子さんにお目にかかったことは一度もないし、リサイタルはおろかテレビの歌番組すら、ほとんど見たことがないので、素直に頂戴してよいものやら内心やや とまどうものがあった。しかし、これは好意で下さったものである。大津美子さんのお父さんが、目の前でうちわをパチパチ、パンとたたき、クシを焼くその姿を素晴らしい芸だと思っているうえ、主人の小倉君が「ヒマつぶしに読んで下さい」という謙虚な言葉にうながされ、ニコニコと受け取ってしまったのである。

さて、家に帰って「ここに幸あれ」を読み始めた（以下敬称を略す）。

少女であった大津美子の歌に対する天分とひらめきが、たぐいまれなものであったことは当然すぎることであるけれども、この天才少女が歌手になることに断固反対した父親の態度がなんと素晴らしいことか。

「女の子が歌など習って何になります。女の子の習いごとは、他にもたくさんあります。私はこの子に中途半端なことはさせたくありません」

ただの親なら、有頂天になるかも知れぬとき、こう言ったのが大津美子の父親であった。そして、その父がついに決心がついたとき、

「みんな聞いてくれ、私はいままで迷っていたが、今日こそ、はっきりした。美子をプロの歌手として一人前に育てあげることに決めた。たとい、私の店の屋台骨がなくなったって、土方をしたって私はがんばる」と、言い切る。歌手大津美子の成功は、まさにこの親にしてこの子あり、の感である。

大津美子は実に幸せな人である。彼女の最大のヒット曲が「ここに幸あり」であることは、決して偶然ではない。彼女は若くしていまだ五十歳の母親を亡くしている。だからその彼女を幸せな人だと表現することには大きな矛盾がある。わが娘も、今年無情にも母親と永遠の別れをしたのであってみれば、しかも大津美子の母が着物が好きであったように、私の妻も若いころはほとんど着物で通した人であったから、このあたりは、私は目頭を押さえて読まなければならなかったのである。

母親の死にもめげず、歌手・大津美子は立派に大きな存在になって行くのだが、その彼女に全く予期しない大病が待ちかまえていた。それは大津美子が、よき伴侶を得、一子にも恵まれ、母を亡くして悲しみから、ようやく幸せな道を歩みつつあったとき、突然に訪れた。〈クモ膜下出血〉

大津美子は、この大病から九死に一生を得たばかりか、やがて歌手として奇跡のカムバックをするのだが、何といっても、大津美子の夫、中条（ちゅうじょう）という人がすごいのである。

男の中の男、夫の中の夫たるの感が深い。彼の病床記録を読むだけでもこの本「ここに幸あり」の値打ちは十分であると言いたい。

一人の天才を世に送るには本人の努力はいうに及ばぬが大津美子の場合は、人間的にあくまできびしく、心の奥底のかぎりなく温かな父親の、正しく断固たる判断。常に彼女を陰で支えたやさしい母親、それに兄弟姉妹。そして、この夫である。再び私事で恐縮であるが、私も妻の病院に泊まり込んで毎晩妻が眠ってから日記をつけた。手術で寝ずの番をしたときは朝まで書きつづった。それだけに、中条という人の妻美子に対する愛情のこまやかさが、ひしひしと胸に迫るのである。

大津美子は、歌手として大成したこと以上に、この温かい人々に恵まれ、とり囲まれて、このうえない幸せの宝庫に半生を送った人であるが、それは言うまでもなく、彼女の心に脈打つ豊かな愛こそがすべての源であり、それはまぎれもなく父母から受けつぎ自ら磨きをかけたものであろう彼女の血である。大津美子がこれからも愛と幸せの歌をうたい続けることを願ってやまない。いたずらに所有することを求め愛《いつく》しむことを忘れた世に、美しく心温まる本である。

ある医師
―回想と随想の記録―

「平凡な中流の家庭に生まれ、育てられ、父の後を追って医師となり、戦争を生き延びて新家庭を営み、平凡な生を送って現在に至る」。これは自ら「凡夫の歩いた道」と謙遜しておられるある医師―清水精夫（しみず・よしお）先生の「回想と随想の記録」のまえがきの書き出しである。

清水先生にはじめてお目にかかってから、もう三十年余にもなるであろうか。当時を振り返れば、先生もお若かったのであるが、何しろ私は、いまだ二十代であったから、先生は、はじめから大変老成された方に思われた。国立豊橋病院の外来で、私は結核患者として、内科医である清水先生の診断を受けたのが、邂逅のはじめであった。

私の病状は同じ結核仲間からすれば軽度のものではあったが、それでも結核という病気は人生を薄暗くするに十分の根拠をもっていた。私は何が何でもこの世を生き延びたいとも思っていなかったが、さりとて、いつ死んでも仕方がないとまでは割り切れていなかったので、以来十数年にわたたって清水先生のお世話になり、幸いにも今日病気と決別し得て、清水先生ともいつしかごぶさたがちの幾年かが過ぎていた。ところが一昨年、私の妻が思いもかけぬ病に斃れ、昨年館を損てるに至る間、偶然お電話を頂戴したのに始まり、幾度となく励ましと慰めの電話や、お手紙を頂戴した。そのつど先生の懇篤で温かなお言葉により、私の心はいつもひとときの凪《なぎ》を得た。

それは医師である先生のご助言であればこそ、そのときどきの私の、混迷を深めつつあった心にどれほど大きな支えになったであろうか。

その清水先生から、分厚な書籍小包が届けられた。早速開けて見ると「回想と随想の記録」第一部、第二部合わせて二百数十ページの大冊である。第一部は医師としての先生の回想と随想であり、とくに医師のあり方に対する先生のお考えが「勤務医と開業医」「ティーテル・アルバイト余談」「医の心」「良医とは」「病気を治すということ」等、ほのぼのとした先生ならではの穏やかな語り口ながら、ある点できっぱりとした臆《おく》せぬご意見を、さらりと言ってのけられる、形容しがたい畏敬の念が静かにわき上がり、胸の奥の方が熱くなる思いでいっぱいになる。

さらに先生は人間の生と死という永遠の命題について、医師として科学者の立場から豊かなヒューマニティーに包まれたお言葉で、万人免れることのできない死を問い、読む者自らが答えを得られるようにある確固たるお考えを聞かせて下さる。私は妻の病が亢進する中で、幾度となくうかがった先生のお言葉と重なって先生の自然哲学ともいうべき謐かさ、温かさのいかに奥深いものであるかに、今さらのように心を打たれたのであった。

「末期医療について」「外科医にたずねたいこと」「臨床医は文科系である」など、私自身、身近に痛切な経験をしたばかりに、先生の諸説にはいちいち頭の下がる思いがするのである。『「人間いかに生くべきか」「人間如何に死すべきか」一患者の心を洞察しようと努め、励まし与えようと試みるためには、医師自身が自分なりの人生観、死生観を持っていることが望まれる。そのためには文学、宗教、哲学、さらには音楽、絵画等広く人文科学への関心を持たなくてはならない、と思う』と、先生は述べておられる。

私の妻が体験した、ある都合で土曜日には必ず病院には居ないという医師、最期の幾日間は、ついに一度も病室を訪れることのなかった医師、この世を去った妻の前で「世界中どこでも治らない病気だから」とうすらわらいともとれる表情で軽く会釈し去った医師。私と妻の医師とのめぐり合いの幸、不幸を思わずにはいられない。

「書斎の中で」は、清水先生がたくさんの書物に取りまかれているご様子を想像するだけでも楽しいが、私も近ごろでは専らつん読であって、その点、清水先生に負けないが、先生が夏目漱石に親しまれ、鷗外へはどうも近づけないと語っておられるのに符節を合わせるように、私は漱石の弟子に当たる内田百閒や中勘助まで読み尽くしたあんばいであること、先生同様に短歌の勉強を全くする気にならないことなど、ますます先生に親近感を抱くに至ったのである。ただ短歌に対する考えは、東京の前田外科で妻と居をともにした間、会津八一を読んで少なからず憶うところがあった。紙上から失礼だが清水先生の会津八一評も承りたい。

この随想集で、先生ご自身の闘病のご経験も知り、私にはまねのできない先生の高潔な資質に、反省させられることしきりである。

第二部「幼少から大学生まで」は、これから楽しみに読みすすむところであるが、リクルート事件に明け暮れ、利欲と打算のひしめく世にあって、かくもすがすがしい人生の軌跡にふれることは何人にとってもかけがえのない秘かな心の激励になるであろう。この「回想と随想の記録」が自費出版であって多くの人の手に入り難いことが何よりも残念でならない。

「北方領土」と父
―わが路地裏の人生と―

私の家は、敗戦後ひどい貧乏をした。売れそうなものは何でも売った。父の礼服からモールをはがして売ったり、果ては木綿の女中蒲団まで売った。それで狭い家の中には何もなくなった。一九四五年八月十五日、戦争は終わった。が、父は還ってこなかった。戦死した軍人の家族は、敗戦ですさんだ世間の目を避けるように、わびしさの中でひそかに意地をはって暮らしていた。まだ小学生であった私に対し、学校の先生の態度はがらりと変わったが中学に進んでからも、友達はちっとも変わらなかった。市川晶也君（蒲郡信用金庫理事）などはそれ以来の友である。

ソ連のゴルバチョフ大統領が来日するというので、北方四島の返還問題が大いに論じられた。が、もちろん千島列島は四島だけではない。その千島列島の最北端にある占守島《しゅむしゅ》に、父の指揮する戦車十一連隊があり、終戦直後の八月十八日未明、敵前上陸してきたソ連軍と熾烈な戦いをくりひろげ、これを水際に殲滅した。

大きな打撃を受けたソ連軍は千島列島の南下が遅れ、ソ連の北海道分割領有の野望をくいとめる結果になったといわれる。父のことは司馬遼太郎氏の「街道をゆく」にも書かれてあるが、父はこの戦いで、師団司令部に「祖国の弥栄《いやさか》を祈る」と最後の電報を打った。

昭和十九年十二月、占守島に赴任した父は、船から上陸するとき兵士に交じって荷をかついでいたので、出迎えの副官以下どこに連隊長がいるのかわからず「捧銃《ささげつつ》」ができないでいた。すると、突然出迎えの山本副官の肩をたたき、「おお山本、色白で美男子になったなあ」と荷物をかついだ新任連隊長が笑っていたという。副官は満州の戦車学校当時から一緒だったのである。

父のエピソードをもう少し書く。着任したその夜、連隊長の姿が見えないので、当番兵があちこち探すうち、父は一人悠々と湯舟につかっていた。湯かげんも見ていない当番兵があわてて「隊長殿、申し訳ありません。背中を流すでありますか」と直立不動の姿勢をとったのを、ニッコリふり返り「お前はお国に奉公しておるのではないのか。それとも、このオレに奉公するつもりなのか」と言ったそうである。

翌朝早く、また連隊長の姿がないので探すと、今度は洗濯場で何食わぬ顔の連隊長が下着を洗っていたという。洗面のとき軍隊では将校に対して兵が洗面器を捧げ持つのだそうだが、父は「おい、ここは第一線だぞ」といい、何事も自分のことで兵の手をわずらわすことはなかったそうである。

八月十八日未明、真っ先に戦車にとび乗り「各中隊長は予に続行すべし」と敵中に突入した父。九十六人の戦死者の中、兵士は十六人であった。その中に、どうしても父から離れなかった三河一宮出身の牧野少年戦車兵がいた。今もわが家の父の写真の中に一緒に飾られている童顔が、私の胸を熱くするのである。食糧も軍の規律にかかわらず、充分支給していたので、シベリアに抑留されてから栄養失調になった者もいなかったそうである。

ゴルバチョフさんは、にこやかに来日した。「抑留兵遺族に同情の念」と新聞の見出しにあった。終戦を承知で、ソ連軍と戦ったこと、戦争であるからには犠牲は避けられなかったこと、それは連隊長が戦死すればすむことではなかった。自らは何ら報いられぬ戦と知って、なお戦い、その死には名誉すら与えられていない。しかも、千島列島はソ連の領有に帰した。

しかし、北海道は残った。いま、祖国はいやがうえにも栄えている。だが、わが家は今も敗戦以来の路地裏に住み、北海道へ行ったこともない。一個の勲章が母の手に届いたほか、日本の首相から「同情の念」を示されたこともない。

私は毎年の慰霊祭の通知を受けたこともない。

（この一文を読まれた日吉章氏（当時防衛事務次官）から後日、自衛隊の観閲式や観艦式に招待を受け海部首相から間近に挨拶を受けた）

流氷の海

豊橋信用金庫理事の山本正明さんから「流氷の海」(光文社)一本が届けられた。著者の相良俊輔氏は「海原が残った」＝東郷平八郎伝、「怒りの海」＝戦艦比叡西田艦長の悲劇など多くの著書がある。「流氷の海」は太平洋戦争末期の北海の戦記であり、アッツ島守備隊の最後やキスカ島撤収作戦に続いて、占守島池田戦車連隊の最後が〝栄光なき勝利の戦い〟として誉えある悲劇的な結末として書かれている。

山本さんは、この本の中に私の父のことを見つけて、わざわざ届けてくれたのであった。北千島の占守島における池田戦車連隊の話は読売新聞社刊の「昭和史の天皇」第七巻に詳しく、他にもかなり記録されているので、ここでは父、池田末男について少し書いてみたい。

まず略歴。愛知県出身。明治三十三年十二月二十一日生まれ。陸軍少佐・池田筆吉の五男、陸軍中将・池田廉二の弟。豊橋中学、東幼、中幼を経て大正十一年陸士卒(三十四期)。騎兵少尉、騎兵二十五連隊。昭和七年騎兵大尉、騎兵二十七連隊中隊長。昭和十年陸士教官、十二年騎兵学校教官、少佐。十六年中佐公主領戦車学校教官、十九年十二月戦車十一連隊長、大佐。二十年八月占守島で戦死。少将(「陸海軍総合事典」＝東京大学出版会)。

騎兵学校の教官のころは千葉の習志野にいた。私は小学校へ入ったころで、よく習志野の練兵場へクリ拾いに行った。それより少し先、東京の代々木にいたころ、使い込みをして営倉に入った兵隊のために満州事変の金鵄勲章のお金を下ろして弁償し、その人はしばらく家に滞在していたことがあった。父はその人を送り出すとき、男は蒲団さえあれば困らぬと言い、母があり合わせのものを用意したら、新しいものを持たせろと言って注意し、母がデパートへ買いに行かされたのを子供心に覚えてる。金鵄勲章の金もそのときしか使ったことはなく、敗戦で全部タダになった。

習志野の騎兵学校のころが父の一番楽しかった時代ではなかっただろうか。毎日、鼻筋の白く通ったアバレ馬で出勤して行った。そのアバレ馬が、私が乗ると不思議におとなしかった。演習がすむたびに、わが家の幾部屋かをぶち抜いて大宴会をやった。文字通り徹夜で部下と飲み明かし、そのたびに母と女中たちは大変だった。父の月給は、生涯すべて部下と飲む酒代に消えてしまったらしく、月給が母の手に届いたのは父が占守島へ行ってからで、占守島には料理屋も飲み屋もなく、金の使い道がなかったので、軍に返上を申し出たが受け取ってもらえない、「仕方がないから送った」という手紙が残っている。

満州事変のときは騎兵中隊長として、匪賊《ひぞく》の討伐に出征した。そのとき戦死した相沢、高倉両勇士の写真は、ずっとわが家に掲げられてあった。この満州事変のときは、どういうわけか討伐する相手の匪賊の頭領に心服され、池田中隊の行くところたちまち敵は霧散して、無血占領を繰り返していたという。そのため死傷者は、他に重傷の原田一誠氏だけで、父は原田さんのために恩賜の義手義足を頂くため奔走した。

この原田さんは、今も信州に健在で、リンゴ園を経営しているが、戦後すぐの交通難の折に、隻脚無手で超満員の飯田線を乗り継いでこられ、焼け跡のわが家を徒歩で訪ね当てられて、食糧難のわが家にリュックサック一杯のリンゴを届けて下さった。原田さんの手術の折、父はつききりで励まし続けたというが、このときの原田さんのリンゴを私は終生忘れ得ない。

敗戦直後、軍人は見さかいなく国賊扱いであったが、そんな中で、わが家は戦死した父の旧部下の人たちの「御仏前」でしばらく生活した。重営倉の人も、浜松で立派に商売をしているとかで金一万円を供えられたが、その人を連れてこられた匂坂さんという方は、文字通り父の心酔者であった。戦前は私たちが全く知らなかった匂坂さんに、戦後になってから親身も遠く及ばぬお世話になった。

戦車隊に転じてからの父は満州の戦車学校で学徒兵に対し、ただ一度だけ訓辞を行った。

「キミたちは学問をすべき身でありながら、このような北辺の守りについている。大変ご苦労である。だが人間に一番大切なものは健康であるから、朝起きて体がだるいようなときにはすぐ医者に診てもらいなさい」

という内容であったと、これは当時学徒兵の一人であった福田定一（司馬遼太郎）氏の思い出話である。

父の死について、日本騎兵史には「池田少佐（当時）の幹部候補生に対する薫陶感化の成果は極めて大であった。その後戦車連隊長として千島に出動したが壮烈な戦死を遂げ、痛惜に堪えない」と書かれている。

ＪＲ労働組合の話

六月十五日、ＪＲ東海道新幹線上りこだま４６２号（豊橋発二十一時二十四分）で、東京へ行ったときのことである。指定席のとってないグリーン券であったが、列車はガラガラであったから、適当な座席に着いていると、間もなく車掌がおきまりの検札にきた。私が乗車券を示すと、その車掌は、いぶかる目付きでキップに検印を入れながら、「ここの座席の人がきたら退くように」と言った。私は周囲ガラガラの座席を差して、「もちろん分かっています」と答えたが、車掌は同じことを繰り返して言いながら、あたかもあらかじめ座席指定をとって乗車しなかったことに対して批難するような態度である。売り言葉に買い言葉、困ったことに私は、子供のころから売られたケンカは全部買ってしまう。車掌の態度がだんだん腹立たしくなってきて少し強い調子で「分かっていることをそんなに何度も言わなくてもよい」と言うと、車掌はさらに語気を強め、「私は言わなければならないことを言ってるんだ」（文句があるか）とキツネのような目をつり上げた。そのうえ「ひかり」と「こだま」は違うとか何とか、聞かなくてもよいことを、くどくど並べ立てた。

近ごろでは、新幹線の乗務員は概して親切になったので内心私はあきれて、次にトイレに立ったついでに車掌室の扉を開け、「キミは組合員ですか」と尋ねた。この尋ね方は果たしてＪＲ労働組合員に敬意を表した言い方なのか、あるいは蔑視した言い方なのか、時と場合、相手によって異なるだろう。私の真意は必ずしも労働組合員を蔑視したものではないが、ときどき彼らの中に、客を客とも思わぬ態度のものがいるので、そういたのだった。

労働組合が正しい権利を主張して、働く者の意思を公正に表明することは極めて重要なことであり、労働者が労働者としての意識を持つことも自らの人間性の認識のために必要である。だれでも若いころはヒューマニズムから労働問題に関心を持つように、私も河上肇博士の著作をはじめ「資本論」なども多少研究したときがあり、労働組合へ講義に出かけたこともあった。ソ連、東欧の社会主義が崩壊してもその多くは政治理論の誤りであって、資本論の「商品の価値」や「余剰価値」の概念は、社会科学としての正統性を失ってはいないと思う。

こだま462号の清水と名乗ったその車掌に、試みに旧国労幹部の名を二、三いったところ、彼の態度は明らかに変わった。この鉄道員の所属組合の委員長は「オオゴシ」氏と言っていたが、私は今JRにどんな組合があるかも没交渉で知らない。

少し古い話だが、旧国鉄時代に私は豊橋駅の改札口で極めて態度の悪い駅員に遭遇したとき、その駅員をとがめたところ、逆に食ってかかられ、「駅長が何だ！」と叫んだ駅員に、駅長に管理能力がないのなら、労働組合かと思って国労出身の代議士の名を言ったら、駅員はたちまち直立不動の姿勢をとり、帽子を取って「私の言葉がすぎました」、と別人のようになって謝った。

労働運動というものは、もともとヒューマニズムに基づいているのに、なぜこのようなことが起こるのだろうか。戦後、ソ連でミチューリン生物学が提唱され、ルィセンコによる段階発育説や環境遺伝説の隆盛の時期があり、生きている者の悪いのは、すべて環境のせいだとする考え方が世を支配した観があった。やがてDNA・RNA等遺伝子学説により、何でも社会のせいとは言いきれなくなったのだが、時すでに遅く、自律的自己抑制のきかなくなった社会体制は崩壊する以外になかったものと思われる。

この辺の整理をきちんとして、生物学的な根拠をもった社会科学に基づいた勉強をし、働く者の社会的な役割と権利とを明確にした政治理念の実践的確立が必要なのだが、崩壊した社会主義が資本主義的市場経済に変身すれば解決するとでも思われ、一方で労働組合が卑近なエゴイズムに、その存在根拠をもとめるようでは、行き着く先は自由主義社会の自浄作用をも低下させることになりはしないか。

労働組合は威張らずに、日常生活におけるやさしさと、自然環境の浄化保全、自由経済の合理的再生産（過剰生産の抑制と労働時間の減少）実質的生活の向上（経済的価値と知的価値の相互依存）等々を標榜してはどうか。

美を生きる

野々上慶一著「高級な友情」(小沢書店)に、小林秀雄と青山二郎、高級な友情の表現、青山二郎の鑑賞眼など随筆風の(高級な)追想記があり、陶工加藤唐九郎が友情こめて作った骨壺に納まって谷中のお寺の墓地に眠っている青山二郎のことが愛惜の念を込めて書かれている。本の題名は、小林秀雄が青山二郎に宛てた次のような一通のはがきにある。

新潮の原稿読んだ。大変高級な友情の表現である。友情は表現になり難いものだ。世間の苦労だけがそれをされる様である。僕は嬉しかった。いづれ又会った時いろいろ喋るべく候。以上(高級な友情九四頁)。

これは青山二郎が書いた「小林秀雄と三十年」を指してのことをいうが、私は読んでいない。小林秀雄については、ある夏の夜、酩酊して水道橋駅の高いプラットホームから七、八メートルも転落、奇跡的に助かったことについて、坂口安吾が書いていることを、少し長いが引用する。

「十六、七年前のこと、越後の親戚に仏事があり、私はモーニングを着て東京の家をでた。上野駅で偶然小林秀雄と一緒になったが、彼は新潟高校へ講演に行くところで二人は上越線の食堂車にのりこみ、私の下車する越後川口という小駅まで酒をのみつづけた。

私のように胃の弱い者には食堂車ぐらい快適な酒はないので、常に身体がゆれているから消化して胃にもたれることもなく、気持ちよく酔うことができる。私も酔ったが、小林も酔った。小林は仏頂面に似合わず本心は心のやさしい親切な男だから、私が下車する駅へくると、ああ俺が持ってやるよと言って、私の荷物をぶらさげて先に立って歩いた。そこで私は小林がドッコイショと階段へおいた荷物を、ヤ、ありがとう、とぶらさげて下りて別れたのである。

山間の小駅はさすがに人間の乗ったり降りたりしないところだと思って私は感心したが、第一駅員もいやしない。人っ子一人いない。これ又徹底的にカンサンな駅があるもので、人間が乗ったり降りたりしないものだから、ホームの幅も何尺もありゃしない。背中にすぐ貨物列車がある。そのうち小林の乗った汽車が通りすぎてしまうと、汽車のなくなった向こう側に、私よりも一段と高いホンモノのプラットホームが現われた。人間だってたくさんウロウロしていらあ。あのときは呆れた。私がプラットホームの反対側へ降りたわけではないので、小林秀雄が私を下ろしたのである。

だから私はもう十六、七年前のあのときから、小林秀雄が水道橋から墜落しかねない人物だということを信じてもよい根拠があたえられていたのであったが、私は全然あべこべなことを思いこんでいたのは、私が甚だ軽率な読書家で、小林の文章にだまされて心眼を狂わせていたからに外ならない」(日本文化私観＝教祖の文学)

白洲正子氏が「いまなぜ青山二郎なのか」の中で「美を生きる人」と「美を鑑賞する人」の全

く違うことにふれられているが、美を生きるということは、何も芸術家ばかりではない。

去る六月初め、私の知り合いの商店主が脳コウソクで倒れた。私より年下の人であるため、痛ましさからすぐ病院へ見舞うことがためらわれたが、何日かを経て病室を訪ねた。ふだんは商店のオカミさんである奥さんが付き添っていた。が、思いがけず奥さんはあまり多くを望めない病状をさらりと話され、おそらく何も見ていないかも知れない目だけをあけているご主人の傍らで、きれいなまなざしでにっこりし、「きっと主人が子供たちに親を思う気持ちを教えてくれていると思います」と静かに言った。

陶経の奥義に通じ、書物の装丁に凝り、文に生き、いずれも芸をもって業としなかった青山二郎は最後の奥さんになった和ちゃんにめぐり会ったころ、まだ年若い和ちゃんを膝の上に抱いて、二人でじっといつまでも海を見ていたそうである。


美術全集は置き場に困るほど書店に並んでいる。美術館や博物館は日本国内だけでも一生かけても回りきれないくらいある。そこに収蔵されている美術工芸品はさらに数えきれないであろう。文化振興などといってせいぜい美を鑑賞するのに大騒ぎしているが、白洲正子氏が、美を生きることに徹した青山二郎に寄せる思いは、何億円ものお金をもったときも素寒貧のときもちっとも変わらず、思いをこめた陶器も一時の酒代に替えて収蔵しなかったそのひそかな生を、なぜか今問うているのである。

「時習館」のころ

私が旧制豊橋中学を受験したのは終戦の翌年であった。父が軍人だった私に対する教師の態度は、敗戦でがらりと変わった。いよいよ受験の前日であったか、担任の青木先生が私を手招ねいて、「実はキミの内申書は受験生十七人中十六番になっている（済まないが）実力で頑張ってくれ」と言われた。学校の成績を心配したことはなかったから、一瞬、耳を疑うような気持ちだったが、子供心にもすぐ状況は理解できた。極端に物資の乏しい、とくに食べるもののない毎日であったから、先生のところに届く食料やモノと引きかえに、私の成績は一番上からだんだん下がり、ついに十六番までできたのだった。さすがにビリにはできなかったところが、今になれば面白い。

豊橋中学に入学したとき月謝と交友会費で四円くらいだったが、三年生になったときは四百五十円にもなった。通学定期も買えないので、市電は定期が回数券式だったから、一枚ずつ徴収したり、皆で掛け声もろとも一度にどっと降りたりした。駅前からでるバスの切符は、伊藤君という材木屋の息子が「焼け太り」（？）の罪滅ぼしか、毎朝何人分かを買って待っていてくれた。農家の子がサツマイモを持ってきて焼きイモを食べ、小麦粉をコンドーパンでパンに替えた。一升が四百匁でコッペパン十六個という換算式は忘れられない。

入学して間もない英語の時間に先生から名指しされたが、宿題をすっかり忘れて単語を調べてこなかったので、（困ったな）と思っていると、まだ年若い女の用務員さんが「坂上さん、お家の方がお弁当を持ってこられましたよ」と言ってきたので、皆どっと笑って宿題は帳消しになった。しかし、お米のない時代だったから、母が苦心して弁当をつくってくれるのは見るに忍びず、日ならずして弁当はもっぱら農家の子のを失敬することになった。

当時の少年の世界は、ごく自然に原始共産主義的ななりゆきで、「能力に応じて負担し、必要に応じて受け取る」というあんばいだったから、私は月謝のほかに一銭もいらなかった。図画は後年、時習館の校長になった生田先生で、私は画用紙も絵の具もなかったから、絵は一枚もかかなかった。まだお若かった生田先生は、公会堂で行われた予餞会で元気よく青春パラダイスを歌った。通知簿で「良」はこの図画と公民だけで、あとは「優」と「秀」であった。「秀」というのは百点満点のときくれた。私は数学が比較的得意だった。数学の試験は当時幾何と代数に分かれ、各学期ごとに中間試験と本試験とが行われたので四枚の答案全部が百点で秀がつくことになる。私の通知簿には数学に二つ続けて秀がついたことがあるから、八枚続けて百点をとったわけである。こうして思いだして見ると、少しは勉強の見込みもあったようだが惜しいかな、お金もお米もなくて学校への道は閉ざされてしまった。

当時、不良少年の雄に二中からきた蔭山君がいた。蔭山君とは家が同じ方向だったのでよく連れ立って帰った。彼は専ら私のために市電の回数券を集めてくれた。あるとき私は、彼に数学試験の予想問題を教え、これ一つだけは覚えてくるように言った。彼はものの見事に零点を免れた。それからときどき私は、不良少年を集めて勉強を教えた。だれでもそれ相応の勉強に対する気持ちはあるものである。私はガリ勉の準優等生より義侠心のある不良少年のほうが好きだった。蔭山君は今でも年に一回は訪ねてきてくれる。

私の同級生で、この地方で出世したのは豊橋信用金庫理事長の水野勲氏と蒲郡信用金庫専務理事の市川晶也氏がいる。水野君は女性にやさしくてまじめ、市川君はユーモアと親切の人である。二人とも金融家になったのは、金に縁の乏しい私にとって少なからず有難く、又皮肉でもある。豊橋市収入役の伊藤良成氏は一年上で学生のころから軟派でズボンをひらひらさせて歩いていた。

小遣いを使い込んで三ケ日から歩いてきたものもいた。半日がかりで学校へ着くと弁当を食べ、食べおわると帰路に着く。私もつき合って一緒に歩き、途中、疲れている日雇労働者の道路工事の手伝いをしたりした。雨水が胸もとまでたまったドブに飛び込んで見物人から金を集めたものもいた。彼、飯田君は今は愛知県警にいる。混とんとした中にも男の友情が流れているような時代だった。そのうちに男女共学になって学校内は大人に脱皮するため、白々しい雰囲気になった。女生徒にはほとんど記憶がない。

時習館百年には寄付は忘れたが、少し故あってわずかばかり自腹を切った。ああいうことは、みな自腹でやるものと思ったがそうでもないらしい。

潔癖と正直

ある人の本で、獅子文六がすばらしい作家であると知ったが、私は獅子文六を読んだことがなかった。私の若いころ、盛んに新聞小説を書いていて、「自由学校」とか「てんやわんや」など、当時有名になり題名だけは聞き知っていたが、二十代の私はもっぱら外国文学に熱を出し、挙句の果ては分かりもしないサルトルやカミュにとりつかれ、そうでなければ、無頼派やプロレタリア文学等といったものに首を突っ込んで、プチブル的大衆作家獅子文六など思いもよらなかった。

その本に薦められるままに、私は八重洲のブックセンターへ寄って獅子文六の本を探したが一冊も見当たらない。そこで店員さんをわずらわせて、いろいろ調べてみて驚いた。獅子文六の本は一冊も刊行されていない上、文庫にも全く収録されていないことがわかったのである。何年ぶりかで私は神田の古本店を回った。ようやくにして一冊見つけ、早速読んだのが「へなへな随筆」獅子文六著・昭和二十七年刊という代物である。その随筆集で獅子文六という名が掛け算の九九からできた謂を知ったが、そんなことを書こうと思った訳ではない。

随筆集の終わりごろに、獅子文六の父親のことが出てくる。福沢諭吉の同郷で後輩であり、その門に学んで非常に感化を受けたので、横浜の居留地で貿易商を営んでいたけれど、「潔癖で正直」であったから、父親が商人で成功する道理がなかった、と獅子文六は書いているのである。

私は非常に懐かしい気持ちで、その潔癖と正直という文字を読んだ。獅子文六が明治二十六年生まれであるから、彼の父親は江戸時代に生まれた明治の人である。となれば、そのころ使われた言葉が、現代社会に失われていても不思議ではないが、少なくとも私が青年に達するころまでは「潔癖と正直」は実在した。当時はそればかりか、「過潔癖」とか「馬鹿正直」といった言葉が生きていたくらいだから、一般の道徳的規範の基準の一つとして「潔癖」と「正直」が存在していたことはたしかである。極度の食料難の中でヤミ物資を買わずに栄養失調で死んだ裁判官などは「過潔癖」であったのだろうし、「馬鹿正直」なら私自身も含めて、そこらにいっぱいいた。

さて、そこで今の世間を見渡すと、政界、経済界はもとより「潔癖」はおろか「正直」も見当たらなくなってしまったのではないか。

ゼネコン汚職で逮捕された大手建設会社の偉い人たちは、普通なら私などが尋ねて行ったところで会ってもくれないだろう。立派な家に住み、大きな会社のビルの上等の室に陣取り、とり巻きたちにかしずかれて日々を送っている。見識はともかく、この世を渡る知恵にたけ、生命のほかには自分の思うようにならぬものはないと思って、毎日を暮らしている。人はそういう立場に登りつめる段階で、潔癖とか正直とかいう、人間としての規範をきれいさっぱり棄ててしまうらしい。

検察庁という役所は、そもそも建設業界や全国の知事や市長のためにだけあるわけではない。いつまでも、こんなことをしていては検察もマルサも、平常の仕事に支障ができること必定である。

そこでこの際、日本中の首長たちに触れて、今「潔癖かつ正直」にワイロとおぼしき金銭を受け取ったと申し出て辞職すれば刑事訴追を免ずるという特別措置をとったらどうであろうか。

そうすれば何十億とか何百億とかのウラ金を、何年もかけて解明する手数が省け、灰色の日常が明るくなることで、少しは景気の回復にも役立つかも知れない。

人に偉そうに振る舞いお世辞にとりまかれ、他よりぜいたくに暮らすことは、そんなに楽しいことなのだろうか。

列島に鈍色《にびいろ》の秋は深まるばかりである。

〈坂上現代語辞典〉

潔癖＝自分や他人の利害に疎いヘンパな性格。

正直＝上手にウソの言えないこと。社会不適応症候群。

特殊学級＝潔癖や正直な者を入れるところ。

天の声＝天は灰色の意。汚れた声のこと。

ゼネコン＝是非なくねだったり、ねだられたり懇談すること。

日本人バブル説

ある知人を訪ねた折、その五十代の知人夫婦の家に一歳半ばぐらいの孫が居合わせた。その男の子はようやく言葉を覚えはじめたところで、若いおばあさんに抱かれながら「ヨイショ」と発音する。そのうちに若いおじいさんが帰ってくると、その子はすかさず「オーイ」と発声する。しばらくその家の居間に遊んで気がついたことは、若いおばあさんは、体を動かすごとに無意識に「よいしょっ」といい、じいさんの方は二言目には「おーい」と言ってばあさんを呼ぶ。ものを覚える孫の習性は遺伝質によるものか環境からなのか。

人間の生命に遺伝子の本体であるＤＮＡの存在が分かったのは、戦後何年くらいであったか、それまでも遺伝は認識されていたが、戦後間もないころはダーウィン、ミチューリン以来の環境学説がルイセンコの段階成育論で頂点に達した。

つまり、生きもの（種）の性質は環境に支配されて変化し継承するという説で、実験や実践で盛んに品種の改良などが行われた。人間も悪いのは環境のせいであるという性善説＝社会学説が科学的社会主義の名をかざした社会運動と短絡的に結びついて「悪しき資本主義から労働者を解放しなければならない」という一時代を画した。これらの諸説は遺伝子の存在が認められたことにより根底から考え直されるべきであったが、世界はなお、二大陣営の対立が続いていたから、生きものを支配する「環境」としての両陣営は実在し続けた。だからソ連が突然崩壊したといってもそれは必ずしも突然というわけではなかったのである。

もちろん、このことは生きものが環境の影響を受けないということではないが、生きものには環境も大切であるが、「種」として受け継いだ遺伝質があるということであり、獲得形質や生殖質によるものの遺伝は現在の生物科学では否定されている。

そこで少し脱線して日本人はいかなる「種」族であるかということを考えてみる。今、世はあげてバブルがはじけたといって不況一色になり、まるで不況というバブルが発生したかのようである。が、このバブルというものの正体こそ、どうも日本人が種として受け継いでいる遺伝質によるもののような気がしてならない。

神話の世界で鉾の先から雫が落ちて、次々に国（島）が生まれて以来、常にその時代を風靡する何かがバブルのごとく発生しては消えていった。その繰り返しではなかったか。

全くの思いつきで何も調べたわけではない迷論？で顰蹙《ひんしゅく》を買いそうだが、源平の時代は一斉に平家の赤と源氏の白という二色のバブルが発生した。阿弥陀経の念仏、法華経の題目、明治維新の尊皇攘夷、明治以降万世一系の皇国思想、富国強兵。

戦後は民主主義、総評、駅弁大学、全学連、高度成長と核家族。カラオケ、Jリーグ、細川内閣支持率と何をとってもバブルでないものはないように思える。

これはひところ盛んに論じられた騎馬民族説とも関係があるような気がする。つまりバブルという旋風を巻き起こすのは騎馬民族の血すじで、このバブルの間もバブルに浮かれたり踊ったりせず、じっと分を守って自らの生活を支えることに締念的忍耐力を持っているのが農耕民族ではないかと思われる。

冷酷非情の戦争を耐えたのも農民兵なら、過酷な労働条件のもとで復興の槌を振るったのも農耕民的民衆であった。これは童話の世界のサルカニ合戦のサルが騎馬民族であり、カニが農耕民族を代表しているとも考えられる。Ｊリーグなどヴェルディ川崎の本拠地移転問題に見るように、いかにも騎馬民族的な身勝手で、こんなものの人気こそバブルである。

昨今のバブル経済がはじけて、景気の先行きが全く見えず、今日本経済は幾度目かの耐える時代に突入したが、ここで注意しなければならないことは、もはや日本社会に農耕民族が壊滅状態であるということである。騎馬民族の細川氏がコメ開放に踏み切れるのも、この世をじっと支える農耕民的な発想に無縁であるためであろう。

バブル経済の破綻の真因は、大企業を筆頭に日本人が働かなくなり、自分の頭で考え自分の体で荷をかつぐことを忘れてしまったことにある。減税や公共投資で景気浮揚を図るのは会社更生法を適用した会社が設備投資をし、社員に昇給をして、投資による拡大再生産と昇給による消費の増大とを期待するという発想で、やがて物価上昇を待つという考えである。

騎馬民族は、消費税を例にとれば「消費税」がいくらの税収になるかを問題にし、伝票をだれがどう書くかなどという点に関心はない。これが農耕民族ならば、コメが一反の田にどれだけとれるかも大切ではあるが、その前に、苗を何本植えるか、水はどうするかが議論の中心になる。

地方自治の問題も全く同じことが言える。自治体職員にも今や農耕民は見当たらない。なまけぐせのついた騎馬民族にどんな仕事ができるだろうか。

バブル現象は、いつの世にも社会の刺激剤としてその時代に一つの方向を形成してきた。しかし、過去にはバブルの陰に着実に耐乏する農耕民が常にいたのである。

だが平成バブルは、高度資本制を目ざした画一的教育と農業切り捨ての経済政策の結果いつしか農耕民的復元力の存在しない時代になってしまっている。政治家もみな騎馬民族の顔であり、社会党まで急に馬上の人となり、歩くための足腰を失った。

この国の今の指導者を見ていると頽廃のバブルに踊る人たちにしか見えない。農耕民的勤勉を軽べつした者はだれか。

前田外科と逸見さん

テレビの司会などでおなじみの逸見さんが昨年、がんで倒れた。当初は赤坂の前田外科へ入院、二月に手術、八月に再手術の後、九月六日に「がん闘病宣言」の記者会見を行い、東京女子医大病院に転院して大手術を受けた。そして逸見さんは新年を待たずに亡くなった。

これはすでに週刊誌を侃々諤々とにぎわしたことであり、この上、なお私が一人のテレビ人の死を論じる気はないが、この極めて誤解されやすい病気の経緯について、いささか身近な経験に基づいた感想を書く。

まず、前田外科病院が早期発見を見落としたのではないか、また「がん」について十分な告知をしなかったのではないか、という点であるが、私は妻の発病を知ったとき、初診の医師から呼ばれて、いきなり「あと一カ月、よくて三カ月」と宣告された。実は、この公立病院で受診する前に、旧知の開業医に診てもらったのだが、そのお医者さんは私に「手遅れ」と言うに忍びず、ただ血液検査の結果を手紙に書いて渡してくれたのであった。

私は内心訝《いぶか》りながら家へ帰って「ベッドサイド必携」（浜松医大編）で、その検査値を調べて、これは並大抵ではないと思ったものの、その後の若い医師の乱暴とも思える宣告には、怒りすら感じたのであった。

その若い医師は、当然のことを正直に言ったまでではあるが、ときに医師の言動は患者の家族にとって死刑の宣告として響き、同時に医師に対する不信感となる。私は知人の紹介を得て、妻を伴って上京し前田外科に入院させた。このとき、理性の上では妻の生命はあきらめなければならないことは分かっていたのだが、人間には土壇場で理屈を離れた感情がある。これは駄目だと思う中から、なんとかならないか—という気持ちが、いつもどこかを駆けめぐるのである。

前田外科では、若い医師団から患者に告知したいと申し入れがあった。若い医師たちは、私を取り巻いて「かなりきびしい治療になると予想されるから、患者さんの協力を得なければできない。だから告知が必要である」と強く言われたが、私は「治るものならともかく、この上、病人に追い打ちをかけるようなことは言わないで欲しい。万事は私が心得ているから」といった。前田院長はじっとこの会話を聞いておられ「坂上さんの言う通りにしましょう」と言われた。

手術と科学療法の併用で一時、妻の病気は本当に治るのではないか、と思われたときもあり、妻と私と娘の三人は一緒に病室に起居して、ともに一喜一憂したのだった。手術は一回だけ、それも十分な切除はできなかった。前田外科では切除した病巣の写真を黙って渡してくれたが、医師の目はこれだけです、だから、というように思われた。この辺のスマートさが、時として誤解を生むことになるのではないか。それに前田先生はたしかに外科医ではあるけれど、どんどん切る人ではない。私も素人ながら自分自身の結核の治療も「切れば半年」と言った医師を避けて、内科治療をすすめる先生につき、年月はかかったが今日の健常を得ている。

しかし、結核と妻の病気とを同日には語れない、妻は唯一の抗がん剤と言われるシスプラチンの点滴を月一回受ける。猛烈な嘔吐に襲われる苦しい日が四、五日続く。がんはかなり抑え込まれる。だが、悲しいかな三週間くらいでがんは逆襲してくる。個人差はあるけれど、四、五カ月でシスプラチンの力がなくなり、もうそれ以上の抗がん剤はない。

前田外科にいた五カ月半の間、前田昭二院長は毎日妻の病室を回診された。病室が院長室の隣にあったせいもあり、日曜のゴルフの帰りにも「どうですか」と言って必ず声をかけられた。

前田外科は設備もさることながら、食事がいい。はじめ東京へ行くことをしぶった妻も、入院したその日のごちそうで、たちまち気にいってしまった。私たちは、ここで妻との最後の日々を少しでも楽しく暮らそうとした。窓からは皇居の堀が見え、カモの家族が列をなして行き来するのを声を上げて数えたりした。たまたま院長夫人も見舞って下さり、「まあ、このお部屋は楽しそうね」と言われたくらいである。

それでも藁をもつかむ気持ちがなかったわけではない。民間治療の怪しげな薬？　を買いに横浜へ行き、また四日市へ走った。たまたま厚生省に関係のあった若い友人（今は外務省へ出向してオタワの大使館にいる）に私が電話をかけて、妙なクスリ？　を問い合わせるたびに、彼は私の頭脳がすでに正常な判断力を失いつつあると感じながらも、バカバカしい質問に対し、いちいち調査しては、まだしもと思える代案を知らせてくれた。

医師から駄目だと言われれば、一層なんとかしようと思うのが患者と家族の心理なのである。そこへ手術が可能だといわれれば、逸見さんでなくてもとびつくであろう。多くの外科医は自ら腕が立つと信じ込むと、切りたい一心で病巣ばかりが見えてしまうのである。

鹿追う猟師山を見ず。

病気の治療には血気と計算を退け、老成を選ぶべきであり、残るは運命であると思う。

「本質」について

ちょっとした用件のついでではあったが、太田徳三氏から「そろそろ、何か書け」と激励された。そこで「本質について」と立派な題を書いたのである。

しばらく書かずにいたのにも特別な理由などはないけれど、何も書かないでいることが、むしろ、ことの本質に近いのではないのか、などと考えていたふしもあった。折しも竹内勝太郎のことに関して、「人間そのものの本質を探究することは、芸術の本質を探究することにほかならない」というような文章が目にとまった。

竹内勝太郎は、私が淡い交りをもった富士正晴が師と仰いだ人である。詩人・竹内勝太郎は「詩を（絵を音楽を）ある技術、ある才能、ある着想、ある職能というふうに、人間の一部の能力で作り出されるものとは考えていなかった」といわれる。

竹内勝太郎は京都市役所の吏員であったが、いつも昼頃にしか出勤せず、朝起きてから、それまでは家で勉強したり執筆したり「仕事」をしていた。市役所の上役が彼をくびにしようとしたとき、常には世事にうとい日本画の大家・榊原紫峰が珍しく行動を起こし、京都市長を訪ね「竹内勝太郎が自宅でしている仕事は重要なものであること、市で計画中の京都美術館の設立運営になくてはならぬ人物であること」を告げ、くびはつながった。事情を知った竹内は「紫峰のやつ、いらんことしよって」といい、それを聞いて紫峰は「竹内らしくていいと思った」という。

人の出会いは不思議なもので、私は佐藤一平、早川延海、瀧崎安之助という人たちと親子友達のようなつきあいの中で「石風草紙」を十五年間続けた。その「石風草紙」をしきりに感心したのが富士正晴である。「石風草紙」の文章と、電話で私を知っていた富士正晴に初めて会ったとき、「ヘエー、気難しいジジイかと思ったら、若い立派な紳士やナァ」と言って、ニコニコした。富士正晴は、彼の雑誌の同人や門下と一緒だったが、私は忽ち別格の友人になった。ただ、残念なことに富士正晴はそれから三月とたたずにさっと逝ってしまった。しかし、富士正晴を知って私は竹内勝太郎を知り、榊原紫峰を知り、久坂葉子も知ることになった。

世の中の面白いところは、その富士正晴を梅澤節男氏（公正取引委員会委員長）が知っていることであった。梅澤さんは、富士正晴を「俗中にあって反俗の人」といわれた。

こうした人の出会いの中に流れているものは、何気ない日常の中に、ひそかに本質を探求して生きるという、お互いの何か暗号のようなものがあるらしいということではないか。

このごろ、中央官僚の評判はかんばしくない。同じ官僚でもあまり仕事をしない地方の官僚はそれほどヤリ玉にあがることはない。中央の官僚の中の官僚は大蔵官僚であるが、彼らに共通することは、ものごとを本質で考えようとすることである。それはしばしば、ご都合主義の政治に相いれない。「政治家は民主主義で選挙で選ばれるから国民の代表である」。実はジッと考えると、この考え方は少なからず官僚的なのだが、国民は一般に本質的にものを考えたがらないから自分が官僚的であることには気付かないのである。

ベートーベンの第九を歌う会というのがある。私は一度、あるホテルでその現場に遭遇したことがあるが、これはすこぶる私には異様であった。第九を歌う会のメンバーは、お互いに教養ある人の集まりだと思っていて、おそらく歌を歌っているときは、気持ちが一つになっているのであろう。

友川かずきという貧しくて土方仕事で働きながら詩をつくり、作曲をした人がいる。自作自演で、心にしみ入るような悲しく、温かく、それでいて、ときには激しい彼のうたを第九の人たちは歌うだろうか。

人の出会いは自然の風のように、ただ通りすぎることもあり、一瞬のうちにすべてを受け取ることもある。

終戦五十年…　戦車十一連隊の法要

毎月十八日は占守島で戦死した戦車十一連隊将兵の命日である。占守島は千島列島の最北端、カムチャツカの望見できる小さな島である。終戦直後の昭和二十年八月十八日、戦車十一連隊は、折しも上陸・襲撃してきたソ連軍と交戦中の歩兵部隊を援護し、敵撃滅のために出撃した。戦車連隊はソ連軍を、いったんは撃退。しかし池田戦車連隊長以下九十六人が戦死した。平成五年十一月一日の産経新聞「風塵抄」に司馬遼太郎氏が〝島物語〟として書かれた中の池田連隊長が私の父である。幾星霜は去って、既に今年は五十回忌になる。

今日、五月十八日、よく霽れた三ケ根スカイラインから燦ざめく三河湾を俯瞰すれば、すべては海空の果て。午後一時、山頂にある「士魂碑」前で慰霊祭はとり行われた。

士魂碑は、昭和五十二年に生存者の会である士魂会により建立されたものであるが、その折、意見を求められた私は、慰霊碑の建立は感謝にたえないが、三ケ根山頂への建設には反対した。三ケ根山頂には比島観音をはじめ、数えきれぬくらいの慰霊碑が立ち並んでいる。戦死者の遺族は、父、夫、兄、弟、だれか一人だけの死の重みに耐えているのである。剰え三ケ根山上は交通の時間が遠い。やがて荒城の月を仰ぐことになる。と、私には思えたのである。

はじめて見る「士魂碑」は四、五段の石段をのぼって小高いところに、大きな立派な自然石であった。

花を捧げ、焼香し、私は士魂碑に一升の酒をかけ、慰霊祭は終わった。父と一緒に死んだ丹生少佐の姉上をはじめて知ることができた。中村中尉未亡人クニさんにも会い、父が満州の戦車学校長（代理）のころ、宿舎の若い当番兵であった人と懐かしい再会もした。しかし、士魂会員百三十二人、遺族十二人の慰霊祭で、夜の席を辞退して帰った私は、なぜかひどく疲れを感じたのであった。

私はしきりに子供のころのことを思い出した。小学生のとき、父は習志野の騎兵学校の教官をしていた。たまさか、父に連れられて船橋の海岸へ魚釣りに出掛けた。波打ち際を連れ立って帰るみち、一天にわかにかき曇りという浪曲そのままに、夕立もろとも稲妻が奔《はし》り、ガラガラドドーンというカミナリの襲撃に遭った。見渡すかぎり海岸線には父と私のほかはだれもいない。父は釣りざおをかついで平気な顔で歩いている。私はその後に続き魚が何匹とれたのかも全く覚えていなかった。

そのころは「東京カミナリ地図」というのがあったくらい、夏の東京は夕立と雷が往来した。わが家が代々木西原の坂の上にあったころ、夜二階で煌々と電気をつけて、父は作戦の演習のような仕事をしている。ザー、ピカッ、ドドーンと雷がくる。母と私たち姉弟は階下で蚊帳の中に入り縮こまっている。電気が消える。やがて電気がついて、恐る恐る二階へ上がってみると、父は停電を幸い大の字高いびきといったありさまであった。

私の家では欲しいものがあると、父に言えば何でも買ってくれたから、たくさん玩具があった。しかし、これは必ずしも幸せなことではなかった。おもちゃがたくさんあれば友達が遊びにくる。遊びに来れば玩具を見て欲しいという。困ったことに、わが家の流儀では、他人が欲しいと言ったら絶対あげなければいけないのである。自分がほしいものは、ひとも欲しい。他人が欲しければ自分は我慢する——という掟が自然法のように成立していた。私は後年、今に至るまでモノに執着がなく、また欲しいと思うモノがないという幸せを得た。

母が結婚したとき、騎兵のカッコいいのは外観だけで、本屋と料理屋の借金のほかは何もなかったという。ふだん着は一枚だけで、一重ものに、冬になると裏をつけて綿を入れて着ていたそうである。「金は天下の回りもの」、わが家はしばしば演習のつど幾部屋かをぶち抜き夜を徹しての宴会場になった。

満州事変のときは、騎兵中隊長で匪賊の討伐に出陣したが、敵の匪賊の頭領に識られ、池田中隊の行くところ、ことごとく無血占領だったという。父はこのとき金鵄勲章を受けた。

司馬遼太郎氏の「坂の上の雲」にでてくる日本騎兵の創始者である秋山好古騎兵隊長のくだりを読んだとき、私は二度ならず夢で父に会った。

「各中隊長は部下の集結を俟つことなく余に続行すべし」白鉢巻きをした連隊長四十四歳の死。わが六十年下天のときは幻か。

宇宙楽天

唐の詩人・白居易の字は白楽天である。白楽天は下級官吏の家に生まれ、「憐れむべしわかかりし日は、たまたま貧賤の時に在り」と述懐したといわれるごとく、暮らし向きは楽ではなかったらしい。白楽天には有名な玄宗皇帝の楊貴妃への愛を歌った「長恨歌」が知られるが、白楽天自身は「人のくるしみを救い、ときのくらしをたすけ補う」ことを使命とし「新楽府」五十首を残して政治を批判し、社会を批判した。

以上は中国詩人選集の高木正一氏の説を借用したのであって、私が白楽天の研究をしたわけではないが、彼の名が貧しい暮らしの中で命名されたものであることに、ちょっと思いを傾けたのである。

恰かも此の頃、米国の宇宙船に日本の女性が搭乗して、宇宙の果てを旅行してきた。大方の注目を集め世の喝采を博しているところである。

宇宙ロケットは既に実用の段階に到達しており、有人ロケットもさまで珍しいことではなくなっているし、何よりも精緻を極めた計算の上に組み立てられた計画的行動であって、これを楽天的だとか傲慢だとか、一概に言うことはできないであろう。

しかし、いま地球全体は貧しいのか裕福なのかと考えた場合、幸い日本では生活に困っている人は少なく、そのために、かえって庶民の中に楽天家の風貌が見られない。それでいて、昨年は冷夏で米不足と騒ぎ、今年は猛暑で水不足が心配されながら、人々の生活態度は、なべて欲望の度合いを判断基準としている。そこで猛暑の下を排気ガスを撒きながら走り回る自動車の群を横目に見ながら、少し地球の周辺について考えてみた。

地球の直径は赤道のあたりで一万二千七百五十六キロだという。その地球の上の空は、対流圏が地上わずかに十キロ、成層圏まででも五十キロにすぎない。この成層圏までのいわゆる空の厚みを直径十センチのリンゴにたとえると、何と〇・〇四センチ、つまりたったの〇・四ミリであって、リンゴ一個分の地球にとって、空気の存在するところは「皮」だけしかないのである。

もちろん、私がこんなことを知っているわけではない。以上の知識はすべて「地球人間環境フォーラム」理事長の岡崎洋氏に電話で教えてもらったのである。太陽の光が、どのようにして有効に地球に届くかは、まだこれから教えてもらうところであるが、いったい太陽が春夏秋冬にわたって、ほどよく地球を照らし、生活必需量の雨が地上を潤すものと勝手に考えて、自らは何一つ謹むことを忘れ、勝手放題で暮らしている人間の日常が恐ろしくはないのか——と思う。

例えば、生活に必要な何倍かの自動車が、狭い国土をコンクリートで固めて走り回り、天然資源を浪費しつつ有毒ガスをリンゴの皮ほどの空気の中に撒き散らす。自動車産業が経済を振興し外資をかせぐ時代はとうに終わった。市街地は老人と病人以外は電車と自転車。発電は地球規模の水力発電を考える時代になっているのではないか。

近ごろでは空中権と称して、屋根の上の空まで金銭に換算する経済現象があるが、人間が生存する条件まで売買するような計算をするよりも「環境保険料」でも創設したらどうか。消費税は三パーセントでも抵抗があったが、健康保険料なら十数パーセントをも払う国民である。企業も労働保険料を支払うように、環境保険料を支払えばよい。自動車産業は総生産車排気量を基準に保険料を算定する。自家用車も同様である。火力発電所、原子力発電所も何か計算基準はあるであろう。少なくとも今の日本の地上のありさまは、庶民の楽天からくるものとはまるで違う傲慢な暮らし方だと思う。

深海の底から険峰の頂上までの人間の行動範囲は、スイカのタネほどもないのである。死の商人の栄達も蝸牛角上にあるにすぎない。

地球を滅亡させる方向で経済を立てる生き方に対して、国民的猛省が求められているのが昨今の異常気象ではないのだろうか。

なお、地球人間環境フォーラムの連絡先は次の通りである。

財団法人　地球・人間環境フォーラム、東京都港区麻布台一ノ九ノ七（飯倉ビル）電話03（5561）9735。年会費＝十五万円、振込先＝三菱銀行飯倉支店普通口座0016360

「いじめ」の構造

九鬼周造に『「いき」の構造』がある。そこで私はふと「いじめの構造」について考えてみた。もちろん私は、九鬼のような哲学者ではない。雑学と浅学のほかに学問とも縁が薄い。しかし、人には皆、多少「思いつく」能力がある。だから、この「いじめの構造」はただの思いつきにすぎないのである。

とはいうものの「いじめ」には、慥かに「構造」がある。五十年も昔の私の少年時代では、何もかも変わったように見える今日、比較にも参考にもならぬかもしれぬが、「いじめ」はたしかに当時もあったし、もっと以前もあったであろうから、「いじめ」には歴史があることもたしかである。

日本が戦争に明け暮れていたころ、戦争には常に勝ち負けがあり、勝負には敵と味方があった。戦争では弱いものの方にだって、ときには味方がつくことがある。私たちの少年のころには、いじめもあったが助っ人もいた。これは戦争ごっこの延長線上に「いじめ」が存在していたとも考えられる。

私もいじめられる者を救ける側に回ったことが幾度かある。また、私が小学校二年生のときに、上級の五年生に追いつめられて、いよいよ窮したとき、私は路端の石を拾って、その上級生の顔を狙って力いっぱい打ち付けて難を逃れたこともあった。これは真珠湾攻撃より少し後のことである。

戦争ばかりしていた時代を「昭和」といったが、当時の「いじめ」は戦争社会の支配下の構造をしていたのではないか。

そこで「平成」とは、どういう時代であるかというところに現在の「いじめ」の構造がひそんでいるように思うのである。

九鬼周造は「大和魂とは何か」を自らに問うて、本居宣長の有名な歌をひいて「朝日に匂う山桜花」つまり「理想主義」であるといった。そこで私には「平成」とは、この理想を喪うことで平成を保持するという謂いではないかと思われる。

未曽有の経済成長も、実は理想を捨てることと引き換えに達成したきらいがある。政治が明白な利権争いに堕してることは説明を要しない。新しい利権集団を作って名前を変えることこそ政治改革であり、ふだんは政治に無関心のものがひとたび企業や労組という組織の配下に収まると、たちまち大集会の群衆となる。暴走族も集まって仲間の力を誇示するが、企業も官僚も労組も、およそ組織のあるところすべて、排他的自己中心の利権指向の構造になる。

「平成」という、組織によって平静を装う時代は、組織に属するものが、常に組織のナワ張り外にあるものを「いじめる」ことになる。ここでは市民社会は育たない。単なる市民とか小企業は「平成」社会からの孤立といじめから逃れるべく、なんとか組織の保護色を身にまとおうとする。

中学生が「いじめ」られて自殺した報道で知らされることは、いじめグループという組織に対して、うまく保護色のつけられない子供がいじめられ、ここでは単なる市民にすぎない親は無力であり、無力なものには子供は死んでも頼ろうとしない。

学校という組織は、何とかいじめグループの諸行をかくそうとするから、結果的にいじめグループに加担することになる。だから学校という組織に所属する教員は、一市民の感覚を身につけないかぎり、教員が「いじめ」を解決する能力を持つことはできない。

総理大臣以下の政治家や、平成経済の資本家である大企業などの幹部に、人間社会の理想探求の理念がなく、社会の要職にあるものが金品を請求することが日常と化し、選挙違反でも汚職でも自殺するのは地位や権益を得た者ではない。不況になれば下請けや小企業がいじめられる。

「平成」いじめの構造に子供だけ目隠しすることはできない。子供はいつの時代も大人の社会で育つのである。

修身　―戦後五十年―

キグチコヘイ　ハ　テキノタマニ　アタリマシタガ　シンデモ　ラッパヲ　クチカラ　ハナシマセンデシタ

小学校一年生の修身の教科書の「チュウギ」の課目は「キグチコヘイ」の名を誰も忘れることのできないものにした。といっても戦前の小学校＝国民学校に通った者のことである。

木口小平は明治二十七年の日清戦争で、広島の第五師団に動員令が下り、故国を出発してからわずか五日目に彼は仆れたのであるが、驚いたことには、木口小平は「チュウギ」の鑑みとして修身の本にまでなったのに、戦死しても彼は二等卒のままで、進級すらしていなかったということである。私は、このことを木山捷平氏の「修身の時間」で知ったのである。

戦後五十年ということで国会決議とやらが、さんざん紛糾した挙句に欠席多数という異例の形で行われた。国会が何でもかでも政争の具にしてしまうことには驚かないが、戦後決議の空々しさを見ていると、修身の時間が国会にも必要であるということに気づく。

同じ戦後五十年では、もう一つ。北千島慰霊巡拝が計画されていることである。

昭和二十年八月十五日に戦争は終わった。が、驚くべきことに、その三日後、ソ連軍は突如として千島列島最北端の占守島に敵前上陸を敢行してきた。迎え撃つわが軍は大いに困惑した。以下は、司馬遼太郎氏の「風塵抄」より一部を引用する。

◇　◇

「池田大佐は撃退することを決心した。

大佐の決心については、世の中も歴史も価値観も変わってしまった平和なこんにち、論議してもはじまらない。池田末男という人は、敵を見れば戦うことを国家から教育され、そのことを義務と思ってきた。

大佐の命令によって、全車両がエンジンをかけた。が、かんじんの大佐が搭乗する車両だけが、夜の冷えのためか、エンジンがかからなかった。大佐は他の車両に飛び乗って出発した。（略）

上陸したソ連軍は撃退された。が、再度上陸してきた。このため激戦になり、多くの敵味方が死んだ。池田大佐も死んだ。

八月二十一日になってようやく停戦が成立した。日本軍の生者はシベリアへ送られた。

以上のことは、現在のロシアを論ずる上で、何の足しにもならない。ただ千島列島の〝ロシア領化〟がどのようにしておこなわれたかを、平和と繁栄の明日をめざすロシア市民たちに知っておいてもらいたいのである」

戦車連隊長、池田大佐は他ならぬ私の父である

◇　◇

その北千島へ慰霊巡拝のことを、私は生存者の会から知らされた。そこで私は厚生省に問い合わせたところ、窓口は県であるから、県に聞けという。県に問い合わせると、いやそれは遺族会だという。愛知県遺族会では、北千島も、占守島もサッパリであったが、とにかく〔戦跡巡拝申込書〕なるものを送ってきた。この申込書に曰《いわ》く

①氏名住所は戸籍通り記入のこと②氏名には必ず「ふりがな」を記入のこと③戦没者については死亡公報の記事によること（略）該当欄は○印できちんとかこむこと―とあった。

私は心底、アキレタ。「戦後五十年もの間、遺族の人たちにこんな〔申込書〕を書かせてきたんですか」と遺族会にきいた。すると「これは厚生省からの書式です」という答えが返ってきた。私は厚生省の援護局へでかけた。担当の課長補佐は、さすがに私の意を察して「これは厚生省の書類ではありません。遺族会へ注意します」といったが、すでに来月の予定で、生存者の会からは日程から人員、船の大きさまできているのに厚生省では「まだ具体的なことは何もきまっていないし、あくまで窓口は県です」と言うばかりである。

再び県に電話すると、障害援護局の某主査は「厚生省から何もきていないからわからない」を繰り返す。厚生省の援護局長とか課長とか、責任ある人に連絡してよく確かめて下さいと言ったら「私は主査だから課長や局長には電話がかけられない」という。口ぶりもだんだん横柄になってきたので、私が「A副知事に代わって下さい」といったら、急に態度が変わった。

戦後五十年が経ち、私はやっとこのごろ、戦争にまつわる文学作品を読みはじめた。

高齢の遺族の参加を暗に迷惑に思っているのなら、厚生省や県の援護局は無用である。

この文章を書き終えるころ、どういうわけか、厚生省の援護局長から丁重な謝罪があった。修身が必要な人は誰か。

占守島慰霊の旅

昭和二十年八月十八日のことである。終戦の三日も後になって突如、ソ連軍は千島列島の最北端にある当時日本領の占守島《シュムシュトウ》に上陸攻撃してきた。海岸線の日本守備隊は忽ち混乱した。時を待たず、戦車第十一連隊は自衛のため止むなくこれを攻撃。激戦のすえソ連軍を水際に追いつめたが、多くの将兵が北辺の地に散った。

あれから五十年。わが家の床の間に掲げられた父、連隊長の写真は少しも年をとらない。私の瞼の裏にある、父の俤も昔のままである。

その父が戦い、仆れた北海の孤島、占守島を初めて訪れる機会をこの夏に得た。

船は望星丸という東海大学の新造船で、ボランティアで私たち慰霊巡拝団と遺骨調査団を遥か北千島まで運んでくれるという。

出航地は北海道の小樽。奇しくも父が占守島へ赴任する時もここから出航したという港に、望星丸は白く瀟洒な姿を静かに岸壁に繋がれていた。

七月十九日から八月一日までの十四日間が私たちの北海行の日程である。私に与えられた船室はエンジンルームの真上。私と娘とは恰も戦車を揺りかごにしたように、エンジンの音を船旅の道づれにする。甲板から上の上等船室には厚生省の役人が収まる。しかし父池田末男大佐は、兵と同じように荷を担ぎ、洗濯もした人だから、贅沢は言えない。

望星丸は白波を蹴立ててオホーツク海を一路、北千島へと進む。七月二十四日、占守島と南接する幌筵島との海峡に面した片岡湾に停泊。幌筵島のセベルクリリスク（旧・柏原）で国境警備隊の上陸許可をとり、日本では車検切れのようなバスで行政府へ挨拶に行く。そこで副市長と同席していた金髪美人は秘書かと思ったら、何と地元新聞の記者という。

セベルクリリスクの対岸は初めて見る〝父の島〟占守島である。墨をたっぷり含んだ筆で、漢字の「一」の字を書ききったような姿で、穏やかに北海に横たわり、墨絵のような山々が霧に見え隠れしている。

まず遺骨調査団二十一名、これは戦闘の生存者十八名と遺族関係者三名とで、二十四日午後に上陸。私たち慰霊巡拝の遺族十五名は明日の上陸となる。

その日の夕食後、厚生省の派遣団長から、激戦の行われた四嶺山付近の地図が配られる。そこには遺棄された戦車の位置に戦死者名が併記されている。皆の目が親族の散華の場所へと走る。

翌朝八時、いよいよ私たちは甲板に集合する。鉄錆の固まりにしか見えないロシアの艀に乗って占守島へ渡る。ロシアの整備隊員がひとりひとり入念に首実験する。そのしぐさは非能率このうえないが、なぜかユーモラスで温かみが感じられた。

艀を牽引するタグボートも錆だらけ、船長は例の金髪美人記者のご主人とか。だが船内には日本女性の着物姿のポスターが貼られていた。

上陸地点は占守島南部の片岡。五十年荒れ果てた桟橋が私たちを迎える。ついに占守島へきたのである。胸に込み上げてくるものは何か。鉄錆の散乱する島の土を踏みしめて、遠くにかすむ海、空、見上げるなだらかな丘陵。いかなる涙かは知らず、すべては霧がかかって瞼がうるむ。

幌付きのトラックとジープに分乗し私たちは四嶺山へ向う。四嶺山は北から男体山、女体山、二子山と四つの嶺からなる連峰である。片岡から三十五キロ、まさに道なき道をゆられて三時間後の正午に到着の予定と聞いた。

ところがアクシデントが続く。前日上陸した遺骨調査団が運ぶ筈の〝慰霊塔〟を船に忘れて行ったというのだ。この忘れ物を届ける羽目になった私たちは道なき道を往ったり来たりして漸く午後二時近くに四嶺山に着く。男体山は山というよりは、痩せた乳房のようななだらかな丘で、焼けた戦車があちこちに置き去りにされており息のとまる思いである。

簡素な慰霊台がしつらえられ、花や酒、菓子を供える。銘々、思い深く瞑目、線香を焚き終えると一斉に眼下に散在する赤錆びた無言の戦車に向って走り出す。

だが心は走っているものの、あたり一面は膝から腰くらいまで這い松が生い茂り、ゴム長靴で踏みつけるようにしなければ進めないのがいかにももどかしい。

私と娘、そして父と一緒に戦死した高橋操縦手の弟、中上《なかのうえ》さんの三人で遥か遠くの父が乗っていたという戦車を目指す。這い松に踏み込み、沼地に足をとられること一時間。ようやく父の戦車に辿りつく。炎える連隊長車の後から切込んで討死したという中村小隊長の遺児、中村紀子さんもきてくれる。

私たちは無言のまま、涙でかすむ戦車に向って瞑目する。中上さんは四国の小豆島から持参した兄上の写真を、焼け落ちた戦車の中に置き、目頭を押えたままじっと動かない。

だが私たちには時間がなかった。すぐ引返さねばならない。小石一つ拾う余裕とてなく、私たちの五十年を凝縮した僅かの時間は追い立てられるように過ぎ去ったのである。

しかし私たちはもっと残酷なことを知らねばならなかった。前日配られた戦車に戦死者名の併記された図が全く根拠を欠く謂わばデタラメだったのである。悔しいことに、そうとは知らぬ私たちは息を凝らすようにして戦車に駆けつけたのであった。

振り返ると占守島のソ連軍上陸地点、竹田浜・国端岬《こくたん》から壮烈な戦車の戦いが繰り広げられた四嶺山が一望のもと、ただ一面の這い松と、ところどころに白い小さな花の咲く草原で、遮蔽するものは何もない。

ポツダム宣言受諾後のこの戦闘について、侵攻したソ連軍、迎撃の命を受け自らすすんで突撃していった父連隊長。その事実に対して私が何かを述べようとは思わない。しかし、見霽かすなだらかに遥けき童話の世界のような緑一色の戦場の跡を眺望すれば、あのとき池田戦車連隊の突撃がなければ、日本軍はなすすべなくソ連軍に蹂躙されていたであろうという思いが胸の奥底でひそかな温もりをました。

二日目国端、訓練台の戦跡巡拝は天候不良のため中止。三日目に四嶺山で予定されていた追悼式も〝なぜか〟実現されず、私たちの慰霊の旅は港に近く片岡飛行場跡地での追悼式で終ることになる。


千島列島の北の果て占守島では、北海の波が今日も千年のおもかげを洗いつくしています。

五十年前のあのひととき、祖国のためにたたかって仆《たお》れられた皆様がたのこの地へ、ただいまお迎えにまいりました。

あの頃十二歳の少年であった私も、すでに華髪をいただく身となりました。人生は夢であります。しかし、軀は灰、煙となっても魂《みたま》は故国に還ると申します。


いま祖国には雄々しい人の姿はどこにもありませんが、昔のように風も吹き、花も咲き、鳥も啼いています。

しかしその祖国こそは、皆様方の魂《みたま》が杳かに護り続けて下さり、いま弥栄《いやさか》の平和と安寧の中に幸せを得ております。

遅くなりましたが、
お酒を一本飲んで下さい。

昔の唄をうたって下さい。

雨だろうが、風だろうが、神《こころ》は故国に遊んで下さい。

たとい晴れても、嵐でも、私たちと共にいて下さい。


占守島が地図にでていなくても、あのひとときの光芒は歴史の悠久であることを信じています。

安らかにお休み下さい。

私の追悼の辞は占守島の風と霧にとぎれる。父と行を共にした勇敢だった将兵たち、いまも赤いハマナスの花咲き、ときに氷の風吹く山麓に静かに眠る。

翌日私たちは片岡湾から帰路についた。冷たい夕風に吹かれながら離れて行く島影。私と娘とはいつまでもデッキに立ちつくす。

望星丸が左に舵をとる。いよいよ別れの一瞬、霧がさっと立ち込めてたちまち占守島は視界を去ったのである。

私たちの心に残ったものは、ただ望星丸の乗組員のまれに見る親切と優しさであった。

帰路オホーツク海は荒れた。

われは海の子

昨夜、家に帰ると郵便受けに神奈川県秘書室からの書籍小包みが入っていた。おやっと思って早速開けてみると「我は海の子」という四六版の本が出てきた。岡崎洋氏の著書であった。

岡崎さんはこの春の選挙で神奈川県知事になった人である。十数年前になろうか、名古屋国税局長も勤められ、その後本省で日本銀行政策委員等ののち環境庁へ転じられ、環境次官を最後に官界を去られた。

大蔵省、環境庁を通じて、およそ岡崎さんを知る人で、岡崎さんを悪く言う人はいない。ならばさぞ社交上手の人かと言えば、これがまるで反対の人である。その上およそ官僚らしくない、威張ることを知らない人である。おかげで、これもおよそ外交辞令や社交スマイルを知らない私ごときが、いやそれだからこそお互いに安心して二十年近くも交友を続けているというわけである。

岡崎さんは長身、白皙の容貌、もの静かな語り口、自分に厳しい無類の謙遜家。だが、ときにきっぱりとした口調で「ケシカランデスヨ」と断言されるときは、ほのかに頬が紅潮することもある。

岡崎さんが知事になったとき、彼を知る人は異口同音に「いいですねぇ」と言った。その意味は「岡崎さんの前に出れば、どんな業者でもへんなことは言い出せないからねぇ」というのが、ほぼ共通した感懐であった。何よりも幸運であるのは神奈川県民であるが、これは単に幸運というより、やはり神奈川県民の自覚の賜であり、幸運を羨むよりは敬意を表すべきだろう。

岡崎さんは環境次官を退官されると、型通りある財団に、いわゆる天下りをした。私が訪ねて行くと、日当たりのよい室で岡崎さんは、少し背をかがめるようにしながら「こんなところで給料を頂いて申し訳ありません」と言われた。私と二人だけの半ば冗談でもあったであろうが、果たせるかな岡崎さんは日ならずしてその結構な財団を自ら退かれ、「地球人間環境フォーラム」を設立されたのであった。

岡崎さんはたぶん私財を投入して、この給料の出そうもない財団をつくられたのだったが、弱音や愚痴をこぼされたことは一度もない。文字通り貧者の一灯で私も会員になり、また私の作ったコンピュータソフトのユーザーから少しずつ寄付金を集めた。岡崎さんは「こういう事業はね、一人の人から大金をいただくより、少しずつでよいから、大勢の人から頂戴するのが有難いんですよ」といって喜んでくれた。

「我は海の子」は、岡崎さんが知事に就任する以前に書かれたエッセーや講演、対談などが主にまとめられている。岡崎さんが知事選挙に出るときまって周りの人が、少しでも岡崎さんを県民に知ってもらおうと企画したのだが、当の岡崎さんが「そんなことしなくてもいいんじゃないの」と取り合わなかったとかで応援団をがっかりさせた。知事になって半年、やっと本ができ上がったというわけである。

岡崎さんが知事になって最初に県庁で職員に話したことは「行くに径《こみち》に由らず」ということを念頭に仕事をしましょうということだった。公務員は仕事に厳しく、そして真正面から取り組まなければいけない。小利口にあるいは器用に、あるいは要領よく仕事をすますということは、長い目で見て結局、ちゃんと仕事をしたことにならない。間道を要領よく進まないで、真正面から取り組んで下さいという主旨である。

岡崎さんはまた、最初の市長会で「地域をあずかる市長さんの考えを重視していくことが地方自治と考えます」と言われたそうである。

岡崎さんは私共の朋池会の第一回の講師である。講師謝金ゼロの創始者でもある。私が「戦車第十一聯隊の光芒」をお届けしたとき、岡崎さんがくれた絵はがきにやさしい筆跡で「いかなる涙かは知れず、秋の夜長に目が冴えるばかりです」と書かれてあった。私は先月号の「文藝春秋」の随筆に、その意を受けて「いかなる涙かは知れず」と書いて岡崎さんに暗号を送った。

先日、岡崎さんと一夕を共にしたとき、風邪をひいていて同席を辞退する娘に「ボクは風邪でもひかないと休めないからね、どうぞどうぞ」と言われ、そこにはいつもの変らぬ岡崎さんの笑顔があった。

岡崎知事には何の注文もありません。思う通りにして下さい、というのが大方の幸せな神奈川県民の気持ちであるらしいが、私も全く同感である。

勲章の値打ち

子供と軍人は勲章が好きだと言ったのは夏目漱石であったか、はっきり覚えていないが、たしかに私の父の写真を見ると広い胸に一ぱい勲章をつけている。父は無頓着の人で写真もほとんど残っていないから、戦車学校教官で陸軍中佐、四十歳ごろのものが最後の写真である。

今年の秋の叙勲で私の畏敬する先輩の青山昭二氏が黄綬褒賞の栄に浴された。

私は早速、絹与から紅白の羊羹を届けたが、日ごろは義理堅い青山先生からは何の音沙汰もなく、受け取ってもらえたのかどうか多少は気がかりもしたが、青山先生の含羞の苦笑を浮かべたようすが見えるようである。

勲章について何の知識もない私は、黄綬褒賞というのは「その道一すじ」の、いわば人生の名匠に授かるものだと言われて、なるほどと思った。

青山さんは税理士として抜群の計算能力をもち、かつ納税道義に篤く、生真面目であると同時にたゆまぬユーモアの持主である。その上、彼の最も特技とするところは希代の毒舌である。しかも、その毒舌は田川水泡描く、のらくろを美男子にしたような青サンの口から何憚るものとてなく、迸り出る。

青山先生が立派な人であり、青サンが無類の安心できる人であることは、彼の職業的能力とは裏腹に、高額所得名簿に彼の名が見当たらないことで立証されている。

青山先生が勲章をつけて歩いている姿を想像すると、ほのぼのとうれしくなるのである。

ところが一般的に勲章というものはもう少し通俗のものである。例えば代議士先生には随分悪いことをする人もいるが、長く代議士をやっていれば皆、立派な勲章をもらう。が、中には三治重信氏のように叙勲を辞退される人もある。反面、世間に右顧左眄《うこさべん》せず、孤高の道を行く者には勲章などまるで無用のように思われるが、それでいて私のひそかに敬愛する東洋に誇れる書家であり稀有の歌人であった会津八一氏のような、およそ学閥などにとらわれぬ人が「ぼくは文化勲章がほしいよ」と言って、自分で紙の勲章をつくったという微笑ましい話もある。勲章とは不思議な多面的な価値をもつもので、その本質ははかり難いが、私にはまあ、大人のまじめな遊びのように思えるのである。

某銀行の頭取がある新聞に「銀行員の生きがい」とそれに続いて「これからの職業観」を書いている。この頭取さんは高度成長期に猛烈に仕事をし、銀行を利用してよかったと喜ばれることを銀行員の生きがいと感じておられるようで、こんな平凡な俗論をわざわざ新聞に書くまでもないとおもうのだが、高度成長期とはバブル景気のことなのかどうかはともかく、今、そのバブルが崩壊して銀行は多額の不良債権とやらを抱え込んでいる。この金融システムの危機を自ら招いた銀行経営の要衝にある人が、仕事とは自分の成績のために猛烈に頑張ることだというのだが、そのような生き方がいつしか人間の崩壊を招くという事実がまるで見えていないようである。

バブル経済の崩壊とは、つまり、その前に目にはみえないが、人間の崩壊があったのである。だから「生きがい」とは本来、人間としての生きがいのことであるべきであり、これからの職業観と言うのであれば、自己や自分の会社の利益を考えずに成り立つ職業社会をつくり出すこと、ということになるのではないか。

この頭取は、私とは同世代と思われるが、銀行とは陳腐な人間の育つ世界だとつくづく思うのである。こういう実業家や役人ばかりが高い位の勲章をもらうところが勲章をつまらないものにしていると思う。

参考までに

会津八一の「学規」を掲げる

一、ふかくこの生を愛すべし

二、かえりみて己を知るべし

三、学芸を以て性を養うべし

四、日々新面目あるべし

断食芸人

フランツ・カフカについて、ただ何となく内田百閒の初期の作品に影響があったような気がしていただけで、それも古い記憶で何の根拠もないのだが、何気なく岩波文庫の色あせた一冊を手にして有名な「変身」と一緒に「断食芸人」というのが目にとまった。文庫の奥付を見ると昭和三十三年とあるから私が二十六歳のときの本であり、もとより中身はしかと覚えてない。なぜカフカを読んだのかも定かでない。

断食芸人は断食ができることを内心で誇り、まだまだ断食が続けられるぞと大衆に示そうとするが、興業主は決まってある時期が過ぎると断食を終わらせた。それは、あたかも断食芸人が観衆の人気を集め得る期間と一致していた。

しかし、やがて潮が引くように大衆の人気が去って、断食芸人は都会の興業主からサーカスの見せ物に身を落とすが、断食だけは精一ぱい続けた。つまり、彼にはこの世においしく食べられるものが何もなかったので、彼は断食を続けたのだと述懐したのであった。

村山さんが首相の座を去ったとき、すでに多くの大衆の目は去っていた。しかし、彼は今一度、社会党の委員長になった。村山さんはマルクスは知っているのだろうか、カフカを知っているかどうかは、わからない。時代の消極性を主張したと言われるカフカは村山さんより一世代前の人だが、村山さんは果たしてどんなサーカス小屋を建てるつもりか。

庶民大衆は断食どころか飽食の時代にすっかり溺れ、すでに大衆の良識は消滅した。私が昨年、占守島に一緒に出かけた東北の農民から、不況で冬期の出稼ぎの会社がなくて困っているといってきたが、彼の話では、どうせ仕事がない間にヨーロッパ旅行をしようと思うから、その出かける前と帰ってきてからの働き口はないだろうかというものであった。

私の事務所に就職を希望してきた国立大を出る女子学生は、初任給二十五万円以上、賞与六カ月なら働きたいが、有給休暇は幾日あるかと真顔で質問し、その上余暇に国家試験の勉強を教えてくれるかと言った。

もはや断食芸人がどんな立派な小屋がけをしても、到底人気を博すとは思えない。

大衆に輪をかけたのがエリートである。住宅専門会社の不良債権を救済するのに政府は六千八百五十億円もの予算を計上した。これは日本中の中小企業対策費の四倍近い金額である。何兆円ともいわれる貸出先もよくわからない犯人がわからず捕らえられもしないうちに助命嘆願にばかり熱心なのは腑に落ちないので、大蔵省の直接住専にはかかわりのない幹部に電話をかけた。つまり、私は財政支出は少なくとも貸付金にすべきだと思うのである。

返済は五十年間でもよい、公定歩合〇・五パーセントの利子で不良債権一兆円につき年五百億円が必要になる勘定だが、住専にでたらめな貸付先を紹介した母体行が、人件費を削減して捻出すべきであるというのが私の説である。某高官の答えは、とにかく金融不安解消を急務と考えて、ああいう形になったと思うといわれ、私の説を否定はしなかった。

金融不安が現実の問題となり銀行に取り付け騒ぎが起これば、日本の中産階級?は餓死するであろうか。終戦後の預金封鎖と農地法で、私の家も筆舌をこえて貧窮したが、それでも今日まで日本の人口は増え続け、かつての富国強兵は民間の利益追求に衣替えし、高度成長だと思い上がったエリート集団の操った貨幣が木の葉になっただけのことなのである。

かつて、銀行家は大蔵省へ出向い〝鞠躬如〟としてバブル金融のご進講をしたのであろうが、条件が異なるとがらっと態度が変わるのも銀行家の特質である。

大蔵省首脳にもO氏のように自家用車はライトバン、娘の門限は八時、子供の小遣いは二万円以下それも貸付金で将来返還させる。支払い現金で、欲しいものもないからカードは使わないという人もいる。結論より先に、まずは住専金融に携わった者すべて〝断食〟を行い、さらに「断食芸人」の誇りを持ちたい。

後世に残るもの

「豹は死して皮残す、人は死して名を残す」

いきなり私事で恐縮だが、私の父は冗談ともつかずこう言って実際に頭も爪もついた豹の皮を外套の裏にぬいつけて出立した。

父は北千島でソ連上陸軍に突入して死んだ。一片の骨も還らなかった。が、奇しくも豹の毛皮は手袋状に仕立てられ、ソ連官憲の目をくぐり抜けて唯一の遺品となった。

父は国のために戦って死んだが、家族は貧乏のどん底を味わった。冗談にせよ父の名は司馬遼太郎氏が書き残されたことで辛うじて歴史の片隅に残った。だが生身で残った私は、百八十度方向の違う、経営や他人の税金の計算で糊口を穢した。

中小企業は弱い立場だから、何とかして少しでも手助けしようと本気で思った。しかし、中小企業とは言え、お金を沢山儲ける人の相手はむつかしい。善意とか、誠意とかの疑われる世界、つまり金の世界に住む人の生態は私が生来もっているものや書物から得たいわゆる知では計り知れないもののようであった。

十九世紀の中頃ドイツのバイエルン王朝にビッテルスバッハ家のルートビッヒ二世という王様がいた。彼は人間性豊かな心の持主であったのかワグナーに心酔し、楽劇の舞台にするためにお城を次ぎつぎに造った。中でもノイ・シュバン・スタイン城はとくに有名である。しかしこのため王国の財政は疲弊し、ルートビッヒ二世は遂に幽閉されてしまう。ところが皮肉なことにそれから百年以上を経て今日ではルートビッヒ二世が築造した城がその地方の唯一の観光資源になっているという。

◇

人口三十五万の豊橋市で百何十億円もかけて新市庁舎が建設されるときいたとき、私はこの話を真っ先に思い出した。計画通り、市庁舎は立派に出来上がったが、私は未だ村田助役を一度訪ねただけで市長室に入ったこともない。もっとも十三年前高橋市長になって、前の庁舎のときからこの十三年間に市長室に入ったことは唯の一回だけしかない。それも本来なら私が礼を言って貰うべき事柄であったのだが、高橋市長は私の話題には興味を示さず私は応接に腰かけることもなく、立話で退室した。

高橋市長は、豊橋にできた大学の周辺地の宅地化にかかわる交渉に市長自ら早朝一人の部下もつれずに出かけた。私のように利権に無縁の人間の相手をする時間などなかったのであろう。

河合陸郎氏が亡くなったとき、私が相続のお世話をすることになった。私は国税当局に、「地方政界のボスと言われた人が私に相続を依頼するということは、彼が清廉であるということである。こういう人のためには、一円でも多く財産が残るように計算をしたい」と申し入れた。

立派な市庁舎を残して高橋市長は検察に「幽閉」されてしまった。しかし百年経ってもこの市庁舎が観光資源になるとは考え難い。せっせと海を埋めたり、滅多に車の通らない道を造ったりする人達は、本当は何が目的なのだろうか。後世に何を残すつもりなのだろうか。

「人生会館」

豊橋まつりガイドブックというのが町内で配られた。その第一頁を開いて、豊橋市民の誰もが驚いた。豊橋市民以外の人が見れば更にあきれたと思う。その第一頁の上段になんと先に収賄容疑で逮捕された高橋前市長の「ごあいさつ」と、下段にはこともあろうに贈賄で専務が逮捕された安藤建設の広告が掲載されている。高橋前市長が逮捕されたのは九月二十七日であり、このガイドブックが配布されたのは十月一日である。印刷物が出来上がってしまっていたことは、たしかであるが、この間にガイドブックを町総代に運んだ市職員が居り、またこれをそのまま町総代は組長に渡したことになる。

私は市役所へ電話をかけてみた。村田助役は会議中で秘書が電話口に出たけれど、彼はもう印刷が出来上がっていたとか、まだ有罪がきまったわけではないからとか、もっぱら下級官吏特有の弁解をした。そこで総務部長に電話をしてみた。私が、この第一頁に村田助役のお詫びの言葉を入れたものを作り直すようにと忠告をしたのに対し、総務部長は、ご意見は有り難く承ると言っただけであった。

かつてルース・ベネディクト女史は日本文化の型の一つに恥の文化ということを指摘した。日本人の「恥」に対する感受性は五十年前には外国人にまで理解されていたが、今度の豊橋市長の汚職事件と、このガイドブックの取り扱い方を見るかぎり、日本人はここまで恥知らずに変容したということであろう。更に日本文化の型で言えば、彼ら市職員や総代は高橋市長に仕えてきた義理があるのだから、高橋前市長の義理に報いる義務があるということになる。ならば、高橋前市長が恥の上塗りになるような、恥さらしのガイドブックを何故、全力を尽くして回収しなかったのか。

しかし、私が言いたいのはこのことではない。この程度の職員が事務をとるために、あんなに立派な市庁舎が必要かということである。建物ばかり立派になっても新市民病院の受付嬢のように仏頂面が何人かいたり、コンピュータの画面を九回も操作しなければ塗り薬一つ出ないソフトでやたらに患者を待たしたり、ただ金さえかければよいというものではない。

◇

そこで私は、市井のある主婦から聞かされた案を提示したい。

それが「人生会館」である。これから、どんどん高齢化が進む中で、老人はどこの家庭でも邪魔者にされかねないし、若い人に頼ることもむつかしくなる。そこで、老人がめいめい自分の好きなことをして過ごせる場所としてあの市庁舎が役立つのではないか。

そこは人生を最後まで心豊かに暮らすための場として「人生会館」と呼ぶ。絵画、彫刻、書、写真、骨董、音楽、手芸、和洋裁、茶道、華道、漫画、詩文、読書、歴史地理、語学、パソコン、体操、陶芸、囲碁、将棋、映画、演劇、ダンス、カラオケ、整体マッサージ、手話、園芸などあらゆる趣味娯楽を自由に選択して、そこへ毎日出かけて行くことで、心楽しく過すことができるのではないか。これは何よりも老人が邪魔者にされない。そのうえ老人の健康管理が自然に向上すれば病人が減り、医療費は大幅に減少すると思われる。もちろん診療所や食堂も設置する。

つまり、「人生会館」は今まで一生懸命に働き税金も納め、今日の社会をつくりあげた老人たちの遊び場であり、そこから多くの作品も生まれることであろうから、そういうことで〝三遠南信〟とやらを結ぶことも考えられる。

私もこの案には、なるほどと思った。これが実生活からくる主婦の着想というものなのである。よい機会だから、このことだけ公約して市長選に出る人はいないだろうか。もし、「人生会館」の夢が実現したときは、せめて館長になりたいと思うのである。

件の安藤建設の広告には「あしたみる夢」とあり、さらに「明日みる夢はきっと美しい」「明日みる夢はあなたのもの」とあるが、いかがなものであろうか。

ちなみに現在、豊橋市の六十五歳以上の老人は約四万六千人で人口の十三パーセントであるが、十年後の予想統計は市役所では計算されていないとのことである。

ねんきん

南方熊楠は徳川最後の年、慶応三年に生まれ、昭和十六年十二月、太平洋戦争勃発の直後に七十五歳で亡くなった。南方熊楠は直情で在野精神旺盛な博物学者であったが、その世界的な研究や神童の名をほしいままにした幼時の逸話にもまして、民俗学者柳田國男をして「南方熊楠の七十何年の一生の殆ど全部が、普通の人の為し得ないことのみを以て構成せられて居る。私などは是を日本人の可能性の極限かと思い、又時として更にそれよりもなほ一つ向かうと思うことさえある＝原文」と言わしめた。

だが、何よりも南方熊楠の面目躍如たる場面は、かねてから彼の粘菌採集にご注目されていた昭和天皇が、即位されて初めての國内視察に際して、熊楠が長年研究の場所としてきた和歌山県田辺湾内の神島（かしま）に上陸され、熊楠が粘菌学のご進講を申し上げることになったときである。日常は裸同然のまるで身形《みなり》をかまわぬ暮らしぶりの熊楠が、フロックコートに山高帽をかぶり、靴を履いて何度も鏡の前で歩く練習をしてでかけた。

天皇に拝謁した熊楠は、キャラメル箱に入れて持参した粘菌を献上し、謹んでご説明を行った。天皇もご熱心であったが、熊楠は緊張と熱中の余り、つい「ねえほい、あんた！」と言って天皇の肩をぽんと叩いたという逸話が残っている。天皇は辺幅を飾らない熊楠に好意をもたれ、進講の時間を延長させてこの篤学者をねぎらったという。

埋もれて牟婁の江の辺に年をへて　今朝日を仰ぐ貝もあるべし

これは熊楠がこの日の感慨を述べた一首である。神島には天皇御登臨を記念して翌年、

一枝もこころして吹け沖つ風　わが天皇のめでまし森ぞ

という熊楠の歌碑が建立され、さらに熊楠らの尽力で後に神島は天然記念物に指定されたのである。

年を経て昭和三十七年、天皇は南紀ご旅行の折、はるか海上に神島を眺められ、三十三年前の熊楠を追悼されて、

雨にけぶる神島を見て紀伊の國の生みし南方熊楠を思う

と御製を詠まれた。昭和天皇は無位無冠の在野の老学者をフルネームで詠まれたのである。晩年の熊楠は「陛下はお気の毒だ。普通の家にお生まれになっておられたら、すばらしい学者になられたろうに…」としみじみ語ったという。

◇

さて、同じ「ねんきん」でも話はがらりと変わって、昨今話題の「年金」である。私は今日まで税金を納めることにばかり気を使ってきたせいで、国から年金をもらうということになると手続きの仕方もわからないくらいであるが、一番驚いたことは、社会保険庁という国民の年金を掌る役所では年金受給者がはっきり把握されていないということである。

先ごろ、基礎年金番号とやらが数十万人も重複して通知され、中には一人で四通の年金番号を受けた人もいたそうである。だから、満六十五歳になっても、自分で年金の受給請求を思いついて社会保険事務所へ手続きに出向かなければ、何の知らせもないのだそうである。

「もし、本人が申請手続きを怠るともらえないままになるんですか?」

と聞いたら、係官は
「そういうことになるでしょうねェ」

というのである。

その年金も遠からず原資が欠乏し、このままでは支払い不能になるとか。私達は自分が拠出した年金であって、自分の掛金が運用されて自分たちの年金になると思っていたが、「年金」は年金受給世代の後世代の者の掛金を当てにして支給するので、若年加入者の人口比率が減少すると資金不足に陥るのだという。

いったい年金制度が始まった頃の使い徒のなかった掛金はどこへいったのか。経費になってしまったのだとすれば、当に「オレンジ年金」とでも言うべきで、この国の社会保険庁には当初から年金運営の能力がなかったのではないか。

〝年金は心してもらえ、長き年自らかけてきつるを思えば〟

欲望という名の民主主義

参議院選挙が終わって、意外にというか当然というのか、まず、低落一辺倒であった投票率がかなり高かった。次に自民党が思惑外れで惨敗を喫し、橋本総理が直ちに自民党総裁を辞任した。

これは近頃の政治状況からすれば、充分に刺激的な出来事であった。ここ愛知選挙区で見れば、当選を果たしたのは、民主党の若手二人に共産党の女性で、政権与党である自民党は現職大臣と他の有力者と二名共落選ということになった。しかし、こういう結果にはなったが、選挙期間中、私は特に変わったことは感じられなかった。それは私が老化して感受性が鈍くなったのかも知れないが、偶々テレビ画面を通じて私の感じたことは、各候補者の訴えが、相変わらずの絶叫型であること、各候補者の姿形が貧しいこと、特に顔付きに至っては見るに耐えないような人相の者がいる。

その点から言えば、公明党の幹部の女性が一番よかった。さわやかな印象で、論旨も言葉遣いもはっきりしていた。しかし、その割に公明の票が伸びなかったのは、あれでは選挙民の一般水準からすれば、上品すぎて、親しみが薄く感じられたのではなかったか。何しろＮＨＫの女性アナウンサーばかりか、民放でも聞かされたが、有権者というものは「無党派層を〝取り込む〟ことに成功した」といわれる存在なのである。決して「支持を獲得することができた」とは言われないのであった。だから、有権者は、過去何回もの選挙のたびに、「取り込まれて」政権造りや、政争のお手伝いをしてきたことになる。

今回、共産党が予想外に大きく伸びたのは、差詰「消費税を三パーセントに戻す」ことに取り込まれたのだろうか。所得税を払っていない人は、もし消費税を支払わなければ、当に無税国家になる。それでは国家は経営できないので、無税国家の議論は、国家は必要か否かという議論である。

過日私はスウェーデンに旅したが、スウェーデンの消費税は二十五パーセントである。値段が税込みで表示されているので、物を買うときに物価が高いなという感じはする。しかし、買い物のレシートを見ると物の値段と税とが別書きされていて、成る程と思うのであった。

これがいいかどうかは別の問題であろうし、それこそ国民の選択なのであろうが、いずれにせよ、現に国家という観念が存在している以上、その機能するところ税は必要とされるのである。だから、消費税を三パーセントに戻すのではなくて、低階層世帯に消費税の戻し税を行うというのが正しい政策である。

しかし、選挙は国民を「取り込む」ものであって、有権者は「取り込まれる」のであって見れば、公明の浜四津さんのように期限付きの商品券を配るなどと言ったのでは駄目なので、国民の欲望はあくまで現金である。

振り返ってみれば、高度経済成長も、バブルの発生も、その崩壊も、減税という内需拡大も、消費税三パーセント問題もすべて欲望迎合の施策であって、その経済的政策からそこに派生する人間生活の良心にかかる問題はすべて放任されてきたのである。

高度成長型の経済のもとで大量に生産された商品は化学物質にまみれており、しかも企業の利潤は、ダイオキシンなど汚染されたゴミ処理の問題に無関心であることを当然としている。

厚生年金基金が破綻して、これから掛金を増額するか、給付を減額しなければならないなどという論理がまかり通っていながら、それでは今までの掛金はどこへ行ったのかという議論は聞かれない。今度の選挙でも喪われた国民の掛金をどうやって取り戻すかということは私は寡聞にして知る機会がなかった。これこそ官僚と政治家とが皆で国民に返還する義務があるのではないか。

橋本さんは情誼に薄いためにああいう結末になったという。橋本さんが豊橋に来たとき、街は日の丸の旗で埋まったが、いつの世にもある恐ろしい欲望の旗がいまは民主々義の旗だというが、本当の旗は投票率でもなく、候補者擁立の技術でもない。人の世には人の情の旗がいつか打ち振られる日がくるのである。

無言館

長野県上田市に、信濃デッサン館という小さな美術館がある。この美術館は夭折の画家のデッサンを展示していることで知られている。館主の窪島誠一郎氏が岩崎美術社刊の「デッサン集・夭折の画家たち」の中で述べている言葉を要約して引用する。

「なぜ夭折の画家の絵にひかれるのか、一口ではうまくいえない。短い生涯を人一倍の情熱と意欲で駆けぬけた画家たちの絵には、何か観る者の心を驚づかみにしてくるふしぎな魅力がある。若竹が途中で折れたような瑞々しさと、若くしてすでに熟成をきわめたような妖しい精気を孕んだ絵画である。」

窪島誠一郎氏には実の父を求めて幾年月かを過ごし、ついに捜し当てたその人は、作家の水上勉であったという数奇な彼自身の半生記「父への手紙」がある。

信濃デッサン館にある夭折の画家たちの画は主に大正期や昭和の戦後期に二十歳代、三十歳代で死んで行った画家の作品で、村山槐多、関根正二、富永太郎、戸張孤雁、小熊秀雄、靉光、松本竣介、広幡憲、野田英夫等である。

その窪島誠一郎氏が村山槐多とかかわったことで、画家の野見山暁治氏を知る。野見山氏は昭和五十二年に日本放送協会から刊行された「祈りの画集」のために戦没画学生の遺作を求めて全国を歩いた人である。野見山画伯は自身、東京美術学校（現東京芸大）の出身で、中国戦線に出征したが病を得て、生きて帰還することができたという経験があり、自身と同世代の戦争で亡くなった多くの画学生たちの画を何とか後世に残したいという思いにかられたという。

窪島さんは、その野見山さんと出会って、野見山さんの「祈りの画集」への思いを知り、祈りの画集から二十年がたった今、野見山さんが何人かの遺族の前で、いつかかならず戦没画学生の絵を展示する美術館をつくりたいと約束してきたという話に胸を灼くしたのであった。

こうして戦後五十年もすぎて、戦没画学生の残した作品ばかりを集めた美術館「無言館」が建設されることになった。とは言え窪島さんの経営する小さな信濃デッサン館の経済力ではとても建設資金は捻出できない。しかし、この美術館建設の話を聞いた遺族から続々と募金が集まり出した。更に不足する資金約5千万円は地元の八十二銀行の英断で融資が受けられることになり、敷地は上田市から提供されることになった。

「無言館」は平成九年五月二日開館した。上田市の郊外、信濃デッサン館から見上げる山あいのひっそりとした台地に、清楚なたたずまいを見せている。先の大東亜戦争で亡くなった画学生の遺作三百余点を集めた慰霊美術館である。

展示された絵画や手紙などの遺品は荘重というべきか無情というべきか、言い知れぬものが観るものの心によりそってくる。

この大変な事業をすすめた窪島さんは、自分が戦争に多少ともかかわりのある年代に生きながら、あまりにも戦争に無関心で、自分の生活のことばかり考えてきた、この恥ずかしさへの反省がこの事業へ窪島さんをかりたてたのだという。

そのために、窪島さんはこの事業に面白い錯誤を犯すことになる。彼は、集まった遺族からの募金や寄附金を収入として税務申告し借金までして納税したのである。彼の倫理はその借入金の返済と利払いに苦しむことで、少しでも自分の罪一等を減じようとしたのだという。

この話を知った私は、仮りに美談であったとしても、そのために無言館の財政は逼迫の極に達し肝腎の画学生の作品補修もままならぬというのでは、いったい何のための苦しみか、苦しいことの意味も失われ、剰さえ身をけずるような遺族の寄付金が無為になってしまう。私は持ち前のボランティア精神で納税金返還のために豊橋・東京・上田間を何度も往復した。

税当局も気持ちよく理解してくれた。

だが、残念なことに、この無言館が、ある悔恨を残すことになる。野見山さん、窪島さんと、私の三人で、健全な運営に当ることにしたものの、窪島さんには無言館の公益性に基く非課税措置がよく理解できず、今、無言館は窪島さんに都合のよい打出の小槌になってしまったのである。

狂を伴《いつわ》って街を走れば是れ狂　伴って善を為せば則ち善。

（参考「無言館への旅」小沢書店）

靖国

何んにも言わぬ靖国の
宮の階（きざはし）
ひれ伏せば
熱い涙が込み上げる
そうだ感謝のその気持
その、その気持が国護る

子供のころ、毎日のように聞かされ、歌ったこの歌は戦後も数十年を経て、若い人はもちろん誰も知らない。私のように軍人の家に育った者でもなければ、とうに定年をすぎた人でも殆ど知らないのが普通になった。

その靖国神社へ事務所の関係者で出かけた。六十代二人、五十代三人、四十代一人、三十代二人、二十代三人。妙に年齢のバランスのとれた一行十一人。その中には父親を大戦で亡くしたものもおれば、靖国神社を知らない者もいる。靖国神社へ行くからと、誘うとよほど心から親密でない人以外は断られる。つまり、遊びに行くのとは少し違うらしい。

朝八時五十二分のひかりに乗車。東京駅の丸ノ内から三台のタクシーに分乗して靖国神社に十一時着。団体参拝受付で、展示課長の大山氏の出迎えを受ける。一行は宮司の先導で手を清め、奥殿へすすみ謹んで礼拝、黙とうを捧げた。

靖国神社の存在については、いろいろ議論があるが、靖国を訪れる人は大別すれば、まずは遺族、大方は年老いている。次いで戦友、それにわずかとは言え、戦争を歴史として顧みようとする若い人たちもいる。靖国神社の存在が戦争肯定につながり国民を再び戦争にかり立てることになるという論理で、かつての革新陣営や進歩的文化人といわれた人たちはこの存在を否定した。日教組は日の丸、君が代同様に靖国神社を拒否しつづけてきた。

しかし、平和はもっと深いところで屈折し、戦後のわが家にも日の丸の旗はない。自衛隊は国民の知らない間に高度な武器を保有してはいるが、それでも日本の上空をミサイルとやらが飛んで行ったと後になってから騒ぐのである。

実に平和なよい国だと何事もなければ思っているが、毎日のニュースで殺人と交通事故死のない日はない。その上、平和教育の成果の一つに学級崩壊もある。

靖国神社の遊就館を拝観すれば、うら若き学徒が特攻隊になって、無謀な戦いの犠牲になっている。この尊くむごい死をいかにたたえても、これを見てもう一度戦争をしようという気にはならない。終戦後、特攻作戦の司令官が自決しても、今日それで納得がいくのかどうか。

遊就館には池田戦車連隊の展示もある。今月の「芸術新潮」で紹介された娘の絵、かつての激戦地「四嶺山」も掲げられている。同行者のうち特に若い人たちは、熱心に見た。私は遊就館では眼鏡をかけ、そのくもるに任せて、かすむ目頭の向こうをいつも見る。

昨年八月十八日、かつて北千島占守島で激戦の行われたその当日、読売新聞の「編集手帳」は拙編著「北千島占守島の五十年」を引用して、この戦いについて「彼らの犠牲が国土分割の悲劇を防ぎ、戦後日本の再建と復興を導いた。」半世紀を経て日本は深刻な経済危機の中で〝第二の敗戦〟の淵に立っている。犠牲もいとわず危機に立ち向かう勇気が今の私たちにあるだろうか、と結んでいる。

私はこの「編集手帳」の一文を添えて、衆参両議院の全国会議員に宛てて「北千島占守島の五十年」の購入案内を送った。その結果申し込みのあったのは衆議院議員一名、参議院議員二名であった。

橋本前首相は、日本遺族会の会長であったが、首相に就任したとき辞任している。

私にとって靖国神社は、誰が何といっても日本中で一番親切に私を迎えてくれるところであるが、だからそれがどう戦争と結びつくというのだろうか。昼食の中華飯店まで大山課長は道案内もかってくれ、紹興酒を二本くださった。

三年前、占守島へ慰霊に行ったとき、乗船地の小樽までの旅費が支給されたが、その額は公務員の一番低い規準の半額だという。私は受け取らなかった。こういう国家のために命を投げ出す人はいないだろう。他国に巻き込まれぬ限り戦争の心配はないということか。

帰りに京橋の野見山暁治画伯の個展会場へ立ち寄り、さっぱり理解の手も足も届かない絵を眺めて楽しかった。

そのまた帰り、八重洲口近くの書店で偶然目にとまった本「虫の春秋＝虫はエライ！さて人間は？」というのを買った。これからこの本で「虫」と「国会議員」とをゆっくり較べて見ようと思っている。

それでも地球は動く

意味喪失の時代といわれて久しいが、そんな中、旧臘住友生命から〝元気が出る「日めくり」名経営者語録〟というのを貰った。

「それでも地球は動く」と言ったのはガリレオであるが、ガリレオは宗教裁判で、天動説盲信に対して科学者として真理を吐露したのであって、なにか功利的な立場で言ったわけではない。

時代は下って産業革命から資本主義の台頭となったが、資本主義はヨーロッパでプロテスタンティズムに支えられて発展を遂げた。

ここに科学と宗教との不思議な関係がある。キリスト教的宗教思想では、「貧しい者、虐げられた者、愚かな者、幼い者」に等しく親切にしなければならないが、その中で資本主義はもう一方の手に科学技術をもって発展したのである。それから幾度かの戦争を経て日本の資本主義もまばゆいくらい成長した。

そこでその日本経済の代表的成功者である経営者の語録は充分興味のあるものである。

最初は何と言っても松下幸之助「道はいくらでもある」。これはガリレオが「それでも地球は動く」と言ったのが、単に科学的事実を述べただけであったように、松下幸之助は彼の人生経路から事実を述べただけであるから、これはこれで他に言いようがないのである。

しかし以下は私なりに若干諸大家の語録に字句修正を試みてみた＝以下が私案である。

アサヒビール・樋口廣太郎「前例がないからやってみる」＝前例がないから前例をつくる

住友生命・新井正明「倦むことなかれ」＝倦むことに気付くな
ソニー・盛田昭夫「社員の履歴書は焼いてしまえ」＝履歴書には自分の秘密を書け
京セラ・稲盛和夫「利を求むるに道あり」＝利は自然の道に求めよ
トヨタ自動車・豊田喜一郎「技術はカネでは買えない」＝カネで買ったものは技術ではない
クボタ・三野重和「失敗をプラス評価する」＝失敗にもプラスとマイナスとがある
三菱自動車・館豊夫「一張一弛は文武の道なり」＝一張一弛は呼吸の法なり
資生堂・福原義春「成功者に会う努力をせよ」＝成功者とは何者であるかを観察せよ
セコム・飯田亮「常識を疑って考える」＝常識と非常識の基盤は何か
イエローー・ハット・鍵山秀三郎「良樹細根を心がける」＝良樹細根は心が育てる
イトーヨーカ堂・伊藤雅俊「利益は効率を示すモノサシだ」＝利益を示す効率は何のためのモノサシか
ワコール・塚本幸一「必要なのは使命感だ」＝使命感を必要とせよ
三洋電機・井植歳男「生きる力の大きさが成功の条件」＝生きる力こそ成功の条件
カシオ計算機・樫山忠雄「開発をすべてに優先させよ」＝人間が開発し、開発は人間を支えられるか
旭化成・宮崎輝「経営のひらめきは知識の集積」＝全知がひらめくとき経営は開く
経団連・土光敏夫「権力は捨て去り権威は集めよ」＝権力なき権威の輝きを知れ
帝人・大屋晋三「老いも若きも十カ年計画をもて」＝老いも若きもそれぞれの十年がある

ブリヂストン・石橋正二郎「徳の人肚の人才の人を見抜け」＝徳の人肚の人才の人、みな人である
経団連・石坂泰三「その道の『原論』を身につけよ」＝その道の『原論』こそ、その道である
出光興産・出光佐三「誰のために会社はあるのか」＝誰のための会社、何のための人生
以上思いつくままを書いて見たが、日本の歴史に残る大経営者の言に共通して、宗教・思想・信仰・倫理・哲学といったものが感じられず実務的な標語集になっているのは、日本の資本主義が八百万の神に仕えて戦争をくぐってきたということなのだろうか。
社会をひっくり返すと会社になるというが、オウム真理教や法の華、ライフスペースといった宗教的空白と、まっしぐらに利益を追求する意味喪失の時代とは果たして無関係なのだろうか。人が生きるということと工場で能率よくモノを作る技術とは目標が対照的であるのだ。
今は心の環境が問われなければならない。

色をつける

色川武大（いろかわたけひろ）という作家のこのペンネームは本名なのだろうが、色川武大にはほかにマージャン小説があり、そちらの方は「阿佐田哲也」＝朝だ徹夜＝であった。

これも古い話だが、ジャンギャバンに「色事師」という映画があった。あらすじさえもきれいに忘れたが、若いころ女にもてた美男が、年老いて、一人の女はおろか、だれ顧みるものもなく淋しい晩年を送るしみじみとした話だった。映画の原題は知らないが、「色事師」という翻案は興行向けにつけられたと思われる。

つまり「色＝いろ」という言葉は使い方がむつかしいのだが、「色をつける」＝物事の扱いに情を加える。「色を作る」＝化粧をする。「色をなす」＝怒って顔色をかえる。「色を正す」＝様子をきちんと正す。「色も香も」＝姿も美しく心もゆかしく。「色は思案の外」＝男女の恋は常識では判断できず。等々と広辞苑にあり、「色の白いは七難隠す」は解説を要さない。

ところで、豊橋市営住宅の柳原団地に文字通り「色」が付けられている、というので見に出かけた。

なるほど古い鈍色のコンクリート階層住宅が、色鮮かに衣替えの最中であった。

色彩感覚というものは、人によって違うから、もちろん私の意見は、あくまで単に私の意見でしかないが、その色のあまりの鮮やかさにまず驚いた。ピンク、緑はまだしも、まっ黄色というのはどういうつもりなのだろう。慥かに黄色は大判小判の色、山吹色だが、くちばしが黄色いとか、黄色い声を張り上げるとも形容される。法の華だか宮崎の方の団体も黄色い布衣を着用していた。それにしても市営住宅の黄色は、かなり毒々しい。

ピンクもやさしいピンクではなく、緑もほとんど原色である。

住居というものは何よりも心安らぐ場所でなければならない。向山にアピタが出来たとき、何という安物の積木のような色をつけるのかと腹立たしかったが、あれが今、日本の経営者の感覚であるならば、この市営住宅の色こそ、市行政の色なのだろう。

驚いた私は、建築部住宅課に加藤課長を訪ねた。加藤氏は真面目で一生懸命の吏員であり、ここに至る経緯を分厚い資料を手にこまごまと説明された。その努力は買うにしても、設計図やシミュレーションの色と現実とは随分と違う。第一、住宅の色彩は理屈や議論ではない。前助役の山本氏は歩道橋の色彩を現地指導し、周辺環境とマッチした落ち着いたものにしたと言っていたが、今回は建設省の予算だというからなおさら寺本氏の意見も知りたいところである。

一昨年、私はスウェーデンへ旅し、ストックホルム郊外を散策したが、スウェーデンハウスと呼ばれる色とりどりの別荘風の住宅が緑の自然の中に程よく建ち並び、色彩豊かに木々の間に溶け合い、落ち着いた生活に潤いと華やかさを添えているのを見て感心した。スウェーデン大使の藤井氏によると、スウェーデンでは周囲にそぐわない建物は建築が許可されないとのことであった。

豊橋市がせっかく新機軸を打ち出すべく取り組んだ事業であるから、その志は壮としなければならないが、「真・善・美」の感性は、急に培われるものではない。

原色鮮やかな青や緑もオーム信者が踊るときの帽子の色である。

住民の意見を聞き、住民は喜んでいるとも言うが、果たして本音の声なのか。数学の問題で答を多数決で決めるようなことがないように、出来上がったものには目隠しはできない。

柳原団地は背に山の緑が深く自然の環境にはこの上なく恵まれている。

この自然豊かな土地に惜しむらくはカーホテルがたくさんある。だが、そのカーホテルを凌ぐ「色」団地棟がいま現れようとしている。〝乎々〟

異邦人

十七歳の少年の殺人事件が続いて、私はとっさに一冊の本を思い浮かべた。

アルベール・カミュ「異邦人」である。書庫の奥から、いかにも年輪を感じさせる色あせた古茂田守介装幀の「異邦人」を探し出した。新潮社版昭和二十六年六月二十五日発行、昭和二十六年十月三十一日二十二版。定価二百円、地方定価二百十円とある。

当時は文字通り一世を風靡したベストセラーでわずか四カ月の間に二十二版を重ねたことがわかる。「異邦人」は新潮文庫に今も変らず窪田啓作氏訳で店頭にあるから、すでに翻訳ものの古典といってもいい。

異邦人の主人公はムルソーという青年。この青年にはマリイという美しい女友達がいる。ムルソーは日曜日にはこのマリイと太陽の灼けつくアルジェーの海岸で泳ぎ戯れ、常には、真面目に勤務する商社員である。

「けふ、ママンが死んだ。もしかすると、昨日かも知れないが、私にはわからない。＝原文のまま」で始まる「異邦人」のこの第一行目を五十年経った今でも私は不思議に覚えている。ムルソーがアルジェーから八十キロ離れた養老院で死んだ母親の通夜と葬儀に出かけるところから、この物語は始まる。

豊川市で主婦を殺害した少年は、警察で、取調官に「人を殺してみたかったと淡々と答えている」という新聞記事が、あるいは私に異邦人を連想させたのかもしれない。が、普通の青年であるムルソーは、しかし、この世のあらゆる、不条理でまるで意味ありげな人々の言動に対して、「淡々」と対しているように見える。

例えば、ムルソーは無口だと言われるが、いや必要のないことはしゃべらないだけだという。ムルソーは、アパートの隣室の男レエモンに誘われてマリイを連れて海水浴へ行く。その海岸で、レエモンの情婦とのもめごとから情婦の兄弟のアラビア人をピストルで射殺してしまう。はじめムルソーはいきり立つレエモンをなだめていたが、アルジェーの太陽の熱さから体を冷やすつもりで再び海岸へ一人で出かけ、岩陰で先刻のアラビア人と出会い、半ば防衛的に銃を撃つ。ムルソーは、そのとき、倒れて動かなくなったアラビア人になお数秒後四発を撃ち込む。

殺人罪で収監されたムルソーは判事の尋問に対して例の一日を要約して叙べ直した「レエモン、浜、海水浴、争い、また浜辺、小さな泉、太陽、ピストルの五度発射」

一言話すたびに判事は「ああ、そう」といい、母を愛していたかと尋ねられたムルソーは「そうです。世間の人と同じように」と答える。判事は十字架を取り出して「これを知っていますか」と問う。ムルソーは「もちろん知っています」と答える。判事がムルソーに神の許しに従うように説得するが、ムルソーはそれよりも暑さにまいっていたし、「自分は神様を信じている。神様がお許しにならないほど罪深い人間は一人もいない……」と説く判事が少々こっけいに思えたのだった。

ムルソーは、母の死に対して涙も見せず、淡々としていたと養老院の院長が証言する。

法廷では検事がいかにムルソーが罪深い罪人であるかを長々と論じ、「母親の葬儀の翌日、情婦と海水浴へ行き、不真面目な関係をはじめ喜劇映画を見に行って笑い転げたのだ」という。

ムルソーは、マリイのことを情婦といわれたことだけが耳に残った。単に行きがかりから友人のために、人を殺すことになったのだが、倒れた体に数秒間を置いてからさらに四発撃ち込んだことの動機を問われ、ムルソーは自分のこっけいさを承知しつつ、「それは太陽のせいだ」と答える。「法廷内は笑いに埋まった」と、カミュは書いた。

ムルソーは「私がより孤独でないことを感じるために、この私に残された望みといっては処刑の日に大勢の見物人が集まり、憎悪の叫びをあげて私を迎えることだけだった」と、ここでこの物語は終わる。

◇

十七歳の少年の主婦殺害事件に続いて、バス乗っ取り少年も乗客一人を殺害した。いずれも学業優秀な少年で、信じられないと、世間はいうと新聞が報じた。

いったい、「学業優秀」に、どんな価値を認めてそんなことを言うのだろう。

「学業優秀だと淡々といった」と不条理の作家カミュなら書くかもしれない。

この小稿では文意を尽くし得ない。教育関係者や、指導的立場の人たちが五十年前のベストセラー「異邦人」をもう一度読まれることをお薦めしたい。

「神の国」

「我が国の軍隊は代々《よよ》天皇の統率し給う処にぞある」これは戦前の軍人勅論の冒頭の一句だと覚えているが、私は小学生であったから、少し違っているかも知れない。

森首相が「日本は天皇を中心とした神の国である」と発言して、テレビや週刊誌でさんざん取り上げられ、叩かれた。

森さんは、おそらく「軍人勅論」を知らないのだろうし「神」についても殆ど知識もなく、まして体験など思いもよらないことであろう。

そこで森さんは仕方なく記者会見をして、「誤解を与えたことをお詫びする」が「間違ったことを言ったとは思っていない」と、信念をもっているかの如く釈明した。

つまり森首相の言動からは「神」について、今日まで真剣に考えたことなど一度もなかったと推測されるが、これは一人森首相だけの問題ではないであろう。

民俗学者、柳田国男の「故郷七十年」に、柳田国男の幼年体験として語られている話に彼が後年異常な関心をよせた「神かくし」に通じるような幻想的な体験、「カミ」を意識する原初的な挿話が出ていると思ったが、「故郷七十年」が見当たらない。大抵必要なものは必要なときには無い。これが「カミ」とたぶんかかわりがあるようにも思うのだが、そんなことは政治の世界に無縁であろう。

そこで、たまたま手許にあった芹沢光治良の著書から少し長いが引用する。

「人間は意識しなくてもみな一人一人神の子供として神から肉体をかりて生きている。(略)人間は自分と神の心とが宿った肉体で生きているのだがうっかりしていて、自分だけで、神の心が宿っていることに気付かない者が多い。しかし賢い人は成長するに従って、自分のなかで、自分の心でない声をしばしば聞いて、襟を正すことが起きる。一体この声は何かと考えて、ああこれが良心の声かと、悟るようだ。この良心が、自分の心といっしょに、わが肉体に、ともに宿る神の心だが…。」「神の計画《はからい》」＝昭和六十三年新潮社刊。

森首相はもともと神とは無縁の人なのだが、元寇のとき神風が吹いて元軍を大敗させたという故事から「神風特攻隊」という呼称が生まれ、それがどんな悲しいことであったか、森さんにそんなことを言っても無駄だということは、森さんでなくても同じことである。

日本は「神の国」どころか「民の国」であるかどうかもよく考え直してみなければならない。

芹沢光治良は今日ではすでに忘れられているが「パリに死す」で有名な作家である。彼は「文学は物言わぬ神の意志に言葉を与える仕事」だといっている。

彼は六十五歳のとき、自分の文学精神を生かしきるためにジャーナリズムの上では死ぬ覚悟で、一切注文原稿をことわって、自ら欲することを、書き下ろして発表する決意をしたという人である。

また芹沢光治良は、彼の故郷の立派な実業家であった先輩が九十数歳のとき訪問して、その先輩から長寿の名薬をいただいたことについても述懐している。

彼がその先輩に長寿の秘訣をきいたところ、先輩は自分が常用している「名薬」について、もうあなたぐらいの齢になったら飲めるだろうと言って、教えてくれた長寿の名薬は「離欲」―欲をはなれるのだよと言われたという。これはかなり神の領域に近い話である。

日本が国家として、神の国であり得たことは一度もない。戦前、あたかも神の国であるかの如く言葉の上で称えられたのも、それはときの政治権力の都合からであった。

だから「神」を知らない森首相が、突然「神の国」などと言い出すことは、それが選挙の都合であっても、かなり恐ろしいことであり、誤解を詫びるなどという単なる言葉遣いの問題ではないのである。だが、森首相が言ったのは〝かなわぬときの神頼み〟の「カミ」のことだったかも知れない。

この国にもし神が存在するとするならば、それは絶え間ない歴史の流れの中で、庶民の心の中に存在するものであった。

「ささやかなところに神宿る」

軍使長島大尉

八月四日、金沢市の石川護国神社において、大東亜聖戦大碑建立記念式典が行われ、私は占守島池田戦車連隊の刻名寄託者として出席した。

戦後五十五年が過ぎようとしているが、それでも戦争についての思いは人それぞれに複雑である。

私自身、戦後のある時期といっても、つい五年前、父が戦死した北千島の占守島へ慰霊巡拝に行くまでは、いわゆる戦記文学というものを一切読まなかった。

北海のうららかな美しい緑の、かつての戦場は、その日晴れやかな春のような陽ざしに照らされ、なぜか言い知れぬ悲しみが、私の心のどこかを駆け抜けた。その日から私は「レイテ戦記」を読み、「ビルマの竪琴」、「日の果て」、「雲の墓標」などを次々に読んだ。が、なぜか伊藤桂一氏にはつい先ごろ新川和江氏を通じて詩作を知って、はじめて「蛍の河、源流へ」を読んだ。伊藤桂一氏は豊橋にも縁りのあった人なのだが、私は、つとに戦記作家と思い込んでいたのであった。

その伊藤氏は「源流へ」の中で「入ってみると軍隊は、世の中にこれほども陰気で、殺伐な世界があるのかと、悲しむよりも驚きを覚えたが、騎兵第十五連隊創設以来、もっとも怠惰な兵隊、もっとも言うことをきかなかった兵隊、当然もっとも多くの私的制裁を受けた兵隊、という光栄とともに、—北支の戦場で足かけ三年を戦い暮し、戦争に敗けて帰ったあとも精鋭の意識だけは不思議に抜けず、民族の卑弱な事情を痛感しつつ自らは酒色を断ち、辛苦に耐え、いつかは戦争に勝ってやろう、かすめとられた領土を取り戻さずにはおくものか―ただ耐えることのみ、と戦後二十年を送ってきた」と書く。

伊藤氏は、いかに耐えることだけが人生であったかという意味で書いているのであって誤解を招かぬためには是非全編を読んでいただきたいが、私が言いたいのは、それぞれの戦争体験とは、到底他人に伝え難いことではないかということである。

大東亜聖戦大碑の式典場で、私は偶然、長島さんに遇った。私に父の俤を認めて、長島さんから声をかけて下さったのである。

軍使の長島大尉その人は、七十七歳とは思えない、清々しいお顔をほころばせ、やさしい口調で「聯隊隊長さんの…」と呼びかけられた。この人こそ、あの占守島で、終戦後の八月十八日私の父率いる戦車聯隊が、ソ連上陸軍と熾烈な戦闘をくりひろげ、ソ連軍に甚大な損害を与えた後での停戦交渉に、一人、一身を賭してソ連軍陣地深く交渉に赴いた人である。当時、二十四歳の青年将校長島大尉は「いや気負いがあったというより、わたしが行かなくちゃあ、という思いだけで、あなたのお父様が、真っ先に敵に突入されたのも、同じ気持ちですよ」と淡々と話され、幾分か当時を懐かしむ面持ちであった。

式典は、やや時代が逆回転した感じで執り行われたようにも思われたが、それはおそらく、式典の中心になっている人たちが、前線で死線を越えてきた人が少なく、軍使長島大尉も、私も、ずっと後方の式典が見えぬくらいのテントに居たのだった。かつて「ソ連軍の営庭に坐らせられ、そこで二人の部下と再会したときの光景は五十年経った今も鮮烈な印象となって脳裏から離れない」と語った軍使の大尉長島さんは、除幕が終わると中途で退席されたのだった。私もフェーン現象で酷暑の会場を後にした。

日本の政治家はロシアに対して領土はいらないと言い出した。まもなくまた八月十五日が巡ってくる。

私にも長島さんにも八月十八日がめぐってくる。

「これは これは」すばらしい

ある日、野見山暁治氏の東京のアトリエを訪ねた。今、私が編集しているコンピュータソフトの解説書に表紙を描いて下さっていて、試し刷りの色具合を見ていただくためである。

野見山さんは、印刷見本を手にされて、あの独特の、年齢不詳で微笑まれ、「あ、面白いですねえ」と言われた。私の訪問の目的は、これでお終いなのだが、それから、あれこれと野見山先生のサービス精神が、私を退屈させない。そのうち、ふと「坂上サン、新川和江さんという詩人をご存知ですか?」と聞かれた。「名前は知っていますが、読んだことはありませんよ」と私は答え、その上「女流は読みませんからねぇ」と言わなくてもよいことを付け加えた。すると、野見山さんが「今から、新川さんが来られますよ、もう少し待っていらっしゃい」と帰りかけた私を引き止められた。

こうして私は「女流詩人」新川和江さんとお目にかかることになった。

新川さんは、堂々として、しずしずとおいでになった。出版社の人と編集者とが後に従っていた。

つまり野見山画伯の絵と新川さんの詩で、「詩画集」を出版する打ち合わせだったのである。新川さんは分厚い立派な「新川和江全詩集」を野見山さんに進呈され、野見山さんが表紙を開くと、若い美しい女性の写真が巻頭の頁を飾っている。野見山さんは、目の前の新川さんを目くばせするような風情で、私にそのまま本を渡される。すると、私の隣で新川さんが、高いきれいな声で、「本人だとわからなくてもいいのよ」と言った。

この微笑みながらの一言が、新川さんと私の会話の第一声だった。

詩画集と聞いて、私は、野見山さんの絵はさっぱりわからないから、適当に並べておいて、そこへ詩を一遍ずつ置いていったらいいですよ、などと気楽な野次馬発言をした。

画伯はだいたい私の意見など気にも止めていないし、新川さんは「それでいいわねぇ」などと他人ごとのようにかまえておられる。玲風書房の社長と編集者は、さぞ困られたと思うが、私は、そこで退席したのだった。

さて、それから私は書店へ行って「新川和江」の詩集を探した。小さな可愛らしい本があった。「わたしを束ねないで」を読んで私は衝撃的に驚いた。まあ私にも、わからぬながら、いく分かの感受性が残っていたのだ。

私は早速、野見山さんに電話をかけた。

「新川さんというのは、すごい詩人です。女流詩人にこんな人がいるんですねぇ」と言った。

その後、新川さんが豊橋市の夏季講座に来られたときの帰りに、私の事務所に積み上げられた「わたしを束ねないで」に丁寧なサインをいただき、私はこのサイン入り詩集を将来を嘱望される若い人たちに配った。

秋風が吹き始めた頃、野見山さんと新川さんの詩画集「これは これは」が出来上がった。この詩画集を手にして、私は何とも言えないうれしさでいっぱいになった。

「これは これは」すばらしいとしか言いようがないのである。

何よりも、野見山さんの絵も、新川さんの詩も、芸術の分野に澄まし込んでいるというところがない。

このミレニアムの混濁の世に、狂い咲きでなく、同じ大地に根をおろし、見る人それぞれに大きな花を咲かせたり、ささやかに含羞を込めて素知らぬ風でいたり、手にとる人によって自在に変幻する美しさである。

今度、野見山さんは文化功労者に、新川さんも勲章を受けられた。が、野見山さんには人間国宝の趣があり、新川さん、なぜ詩人は勲一等でないのだろうか。

安西均にあれは名人芸だからと言わせた、八百頁に及ぶ新川和江詩集をめくっていると、政治家や官僚の貰う勲章ではなく、等級なんかない、いろいろな花を飾った文化勲章があればよいと思う。

二十世紀最後の暮の二十八日

「暮の二十八日」は武田麟太郎の小説の題である。私の父は一九〇〇年生まれだから、十九世紀最後の人であり、武田麟太郎もほぼ同年の人で、もう殆どの人がその名を知らないか、忘れている。

「暮の二十八日」は、常の貧乏はどうにもならぬから、せめて暮の二十八日一日だけでも有り金を全部はたいて一年の貧乏の意趣返しをしてやろうという話だったと思うが、一世紀が過ぎ去って、私には今も昔も変らない。

父が一九〇〇年の生まれだから、私は三十二歳のときの子であるとすぐわかる。そうすると私はこの一世紀のうちで三十二年は生まれる前のことであり、六十八年は知っていることになる。とは言っても、生後間もなくは全く記憶がない。それならば、その後はどうかと言うと、憶えていることもあれば、そうでないこともある。正確を期せば、忘れてしまったことの方が断然優勢である。ならば生まれたときから全部を記憶の範囲に計算しても大差がないことになるのである。

つまり私にとってこの二十世紀は、生まれて来る以前の推測の三十年を朧気に想像することで、全部私の見てきた時代なのであった。

そこで、それではその二十世紀とはどんなふうだったかと言えば、杳かな遠い昔の頃は至って生真面目な哀しそうな時代の中で、日本が焔のように燃え盛ろうとしていたときがあった。その火焔はだんだん風に煽られて追いつめられ、爪先で懸命に堪えているような夢を見ていた。しかし夢は醒め、ぐっしょり汗をかき、毎日毎日それからは空腹が続いたのだった。

私の父は、私に見えないところで死んだ。だから、私にとって父の死は、今もフィクションである。ただ父親のいない家庭、経済社会から締め出されたわが家が現実にあった。

ここでうさぎの餅つきの話になる。

私が子供の頃は、お月さまの中にうさぎがいると十五夜の空に泛ぶ黄色い月を指して目を凝らして見たのだった。

母親に抱かれていた頃から、ずっと小学生の頃まで、お月見の縁側で、枝豆や里芋をお月さまに供えてから食べた。

しかし、なぜ月の中でうさぎが餅つきをしているのか、などという疑いは全く持たなかった。

昔、ある山の中で、猿と獺と兎の三匹の動物が仙人に出会った。動物たちはそのとき仙人からとても有難いお話を聞かせてもらった。

そこで、猿と獺と兎は、仙人に有難いお話のお礼をしようと思った。

猿は木へ登って木の実をとってきて仙人にさしだした。獺は川にもぐって魚をとってきた。兎は木にも登れないし、魚を獲ることもできない。

そこで兎は、枯れ枝を拾い集めてきた。兎は枯れ枝に火をつけ、自らを投じて仙人に捧げようとしたのである。

仙人に成りすましていた帝釈天は、兎を炎の中から救い出し、自らを犠牲にしようとした兎の徳を、永遠に顕彰するために月の中にその姿を画かしめた、というのである。

今世紀の半ばも過ぎた一九六〇年頃から、戦後経済の高度成長がいわれ、やがて土地神話からバブル経済の破綻への夢と現の間をかけ登り、かけ下りて、やっぱりぐっしょり汗をかいたのだった。だが、何故か成長が目論まれるのは常に経済だけであって、人間が成長したらしい萌しがないのを誰も疑わなかった。

お月見の習慣も殆ど聞かれなくなり、私も四~五年前に一度だけ蒲郡プリンスホテルで、月見茶会に出かけただけである。

そのとき茶会の美しい女性と写真を撮ったが、後で見ると、若い美しい女性の傍らに見覚えのある変なオヤジがいたのだった。

今、二十世紀とともに失おうとしているものは月の中の兎だけだろうか。

奇跡を生きた少年
藤井威前スウェーデン大使の回想

昭和二十年八月六日。朝八時。廣島の空は一閃の光が覆い、灼熱の突風が廣島三十万の市民を一瞬にして焼き尽くした。原子爆弾が投下されたのである。

藤井威氏の父は住友生命廣島支店長として、昭和十九年に東京本社から廣島に赴任していたが、偶々その日は、鳥取へ出張していた。

父親が不在の留守宅で、母親は久しぶりにゆっくりした朝を迎えていた。

いつもなら五歳の兄、威少年と三歳の弟はもうこの時間は表で遊んでいるのだが、母親に起こされぬまま朝の夢をまどろんでいた。

藤井一家の新宅は、かなり広い屋敷の中のがっしりした二階家で、爆心地から二キロ程の宇品北部にあった。藤井兄弟は階下の家の真ん中に当たる部屋で寝ていて、母親は家の奥まった台所で遅い朝食の支度をしていた。

その瞬間、家は激しく揺れ、ガラガラと崩れ落ちた。威少年の上に唐紙や柱が折り重なって覆いかぶさってきた。隣に寝ている弟には障子がかぶさった。これらがかろうじて崩壊を支えた天井とともにシェルターの役割を果たしたらしい。母親は反射するように子供たちの部屋へ瓦礫をかきわけて駆け寄った。

母はわが身をかばう暇もあらばこそ、二人の息子を抱き寄せた。兄は幸い外傷一つなかった。

弟は硝子障子の破片で、額の小さな切り傷から血が流れていた。

母は弟を抱きかかえ、兄の手を引いて、とにかく病院へ行こうと瓦礫をかきわけてはい出した。すると、外界の様子はまるでおかしい。病院の回りは十重二十重に治療を待つ人の長蛇の列の輪ができており、どの人の姿も、とてもこの世のこととは思われない。

母はこの人たちに比べればまるで軽傷である弟と兄を連れて我が家━といっても倒壊した━瓦礫の中へ帰ってきた。

我が家の二階はどこへ行ったのか、屋根は跡形もなく吹き飛んでいる。母子三人は倒壊した廃屋のかろうじて残った一階のすき間へもぐり込んだ。

母は炊きかけていた朝飯を思い出した。こうなれば貴重な食糧である。

どっしりした石の竈は台所に孤独に残っていた。重いふたはずれていたが、釜の中にはご飯が炊けていた。母親は心のどこかで言葉に発せられない喜びを感じ、ふと手をふれると、炊き上がった麦飯は、一面に硝子の破片がキラキラと指にふれた。

母は必死の思いで根気よく飯の中の硝子を取り除き、指にすくって口に入れて見る。だが、麦飯はジャリジャリと口の中で音を立て、食べられるものではなかった。

母はあきらめて兄弟の待つ寝室へ戻ろうとすると、表の道を港の方へ向かって逃避しようとするのか、人の群れが、家の前をぞろぞろと足をひきずって行く。

その人たちの様相は、とてもこの世のものではない。「水をください」「水をください」と言って井戸の水を欲しがる。重症の火傷で水を飲んではいけない。

一生懸命制止しようとしたが、一心に水を欲しがる人々の群れには詮方なく水をくんで表に置く。「どうぞご自由に」これが母のできる唯一の手段であった。

瞬く間に水はなくなり、硝子片の入ったご飯もなくなってしまった。

鳥取で父親は廣島の異変を新聞で知る。

新聞は一面の最上段に、廣島へ新型爆弾が投下されたことを報じ、その下は全面大きく空白になっていた。下段に小さく損害軽微とある。おそらく、検閲で記事は全部削られて白い紙の空欄が残ったのである。

父は、これは軽微でなんかないと瞬時に悟った。廣島へ帰らねばならない。が、鉄道が不通になっている。

山陰線で西へ回るのも覚束ない。思案に暮れていると海軍の輸送船が一隻、廣島の宇品港へ向かうという。

父は艦長に頼んだ。艦長は、これは軍艦だから民間人を乗せるわけには行かないといったんは断るが、父はその真っ白い新聞を見せて、艦長の顔をじっと見据えた。

すると、艦長もじっと父の顔を見返し、「お乗りなさい」と言ったという。

こうして父親は被爆から四日目に廣島へ戻り、母子の無事を確かめると、住友生命廣島支店へ急いだ。だが、無惨にも社員は全員死亡という現実だけがそこにあった。

原爆投下の午後、再び空襲警報が鳴り、母子は共同防空壕に退避した。兄弟は仲良しの向かいのお姉ちゃんがいると思って、二人はお姉ちゃんを求めて壕の奥へ行こうと泣き叫ぶ。母は懸命に制止した。壕の奥には、顔を焼きはらして死んでしまったお姉ちゃんが横たわっていたのだった。

こうして藤井少年一家は家もろとも家財の一切を失ったが、弟の額に小さな傷を残したものの奇跡としか言いようのない家族全員が無事で終戦を迎えた。

このとき母親のおなかには二人の兄弟の妹が宿っていたのである。母親は戦争が終わった明くる年の二月、無事女児を生むときの恐怖を遠くを見るように目を凝らして語ったという。

以上は当時五歳の威少年の記憶と、とつおいつ母から聞かされた原爆体験である。が、実はこの奇しき原爆体験には後日談がある。

あれから半世紀以上を経た平成九年十月、藤井威氏はスウェーデン大使の任につく。

そこで、ある年の八月原爆の日に、スウェーデンのウプサラ市で平和記念の集いがあるから、この体験談を話して欲しいという依頼があった。

藤井大使は即座に承知した。が、大使館職員は、日本は戦争を始めた国だから、アメリカの原爆を非難するような発言にとられると困るという。

藤井大使は、依頼者はウプサラ大学教授であり、これは過去を問うのではない。原爆体験を語ることは、今後原爆が投下されるようなことがないようにという願いなのだから、いいではないかと説得する。大使館員は肯じない。

灯篭流しの行われた日、藤井大使は集まったスウェーデンの人たちを前に「私はスウェーデン大使である。五十九歳になる。だが、今は全くの私人として、私が五歳のときの原爆体験をお話したい」と話し出すと、会場はシーンと静まり返った。やがて話が、藤井兄弟が仲良く遊んだお姉ちゃんの死に及ぶと泪を流して聞き入る人もいたという。

教養について

ニューヨークの貿易センタービルに、テロに乗っ取られた旅客機が乗客もろ共に激突し、何千人という数えられない犠牲者が出た。

このテロ事件の主謀者が、アフガニスタンのタリバンだということで、アメリカの報復攻撃は、熾烈をきわめている。

これはいったい戦争なのか、戦争ならどういう戦争なのだろうか。日本が自衛隊法を改正して後方支援に打って出たが、国民の代表の国会と、当の国民との間には、かなり隔たりが感じられる。これが間接民主主義というものなのか。

今の世情の中で、かつての常識であった教養はどうなったのだろうか。

わけもなく、ふと手もとに置かれてあった山本七平の文庫本で「小林秀雄の流儀」を手にとった。ずっと以前に読んだ本ではあるが、中身はすっかり忘れてまったく覚えていない。が、少し読み進むと何となく懐かしくなってくる。

「宮本武蔵の独行道のなかの一条に『我事に於て後悔せず』という言葉がある。菊池寛さんは、よほどこの言葉が好きだったらしく、人から揮毫を請われるとよくこれを書いておられた」。

という箇所を読んで、私は起き上がって、墨をすり出した。それから、この字をどんなふうに書こうかと思って、「会津八一の書」を開いてみた。色紙を探したが、絹張りのが一枚だけあったので、あまりうまくないが、「我事に於て後悔せず」と書いた。

明くる朝、早速この色紙を持って、私は、中原さんの会社に行って、勝手に他の色紙と入れ替えてきた。

この言葉は、私のこの古い友人にぴったりだったからである。

一カ月程前に、私の主催する会で、前スウェーデン大使の藤井威氏に講演をしていただいた。これが実にすばらしい内容で、百人足らずの会では惜しまれたが、講師謝礼金を支払わないわが会の習いで、藤井氏ご夫妻と中原さんと私とで夕食を共にした。

以前、私はかつて少年のころの友で名うての不良少年であった蔭山君のことを書いたが、中原さんもどうして蔭山君に負けない少年だった。

夕食を囲む相手は、東大、大蔵省の中でも秀才の藤井氏である。当日の講演でも彼は、スウェーデンをとりまくヨーロッパの地図をすらすらと黒板に書き、スウェーデン王朝が成立してからの歴代の王や妃の名前をこともなげに、まるで自分の親兄弟の名を語るようにサラリと言ってのける。彼は紙キレ一枚持っているわけでもない。

ところが、この秀才の講師と、わが勉強嫌いの刎頸の友は、次から次へと話が弾むではないか。帰路、中原さんがしみじみと、「いい人だなあ、どうしてみんなはああいう人と付き合わないのかなあ」と、私に言った。

話はまったく変わるが、数年前、この地方のある国立大学に新しくエコロジーの学科を増設するとき、私はときの学長から依頼されて、当時大蔵省の要職にあった藤井氏に予算措置をお願いした。藤井氏はもとより事柄が私的利得とは全く関係ないことゆえ快く引き受けてくれた。この新設学科は今、立派に二棟の学棟が建っている。

ところが、私にそのことを依頼した学長は、当時ある会合で、大勢の人を前にして胸を張り、

「今度新設された学科は、私が霞ヶ関へ何度も足を運んでできたものです。しかし、この地方はまだ産業が成熟していないから、本学の卒業生を就職させるのはむずかしい」

と、語ったのであった。

私は予算がついた時のその学長の弾んだ電話の声を思い出しながら席の後方で立ったまま、聞いていた。

毎回、朋池会講師との会食の席へ、中原さんが同席するのは、彼が私の懐具合を心配してくれるためで、彼はそれをあたかも義務のように心得てくれているのである。

その大学の予算の話には、私は自腹で東京へ行った。先日、その学長さんの立派な遺稿集ができたと聞いて、年の瀬にふとこの国の教養という言葉について考えてみたのである。

「落柿の小さく赤き石畳」（旦）

七つの子

小学校へ入る前、幼年の頃、母のうたう「べに雀」の歌を今も忘れずにいるのだが

べにべにつけて紅雀

…………

…………

母さんお宿が恋しくて
あの茜空
雪の空

…………部分を忘れたのが惜しくて、日本童謡史を見ていたら、この歌は見当たらず野口雨情の「七つの子」が目にとまった。

烏なぜ啼くの
烏は山に
可愛七つの
子があるからよ

大正十年、野口雨情四十歳のときの作で、広く世に愛唱されたことは、よく知られている。

ところで、ここで唄われている烏は、今、時の人、石原慎太郎東京都知事を困らせている。八十年前に、可愛い童謡に歌われた烏は、黒い羽根を拡げて我物顔に東京の空を覆い、人を人とも思わぬ風情で、餌の高度成長を満喫している。

しかし、烏は率直に人間がつくり出した環境に順応しただけで、烏の側から画策したわけではない。

この烏に比べれば、近頃国会を独り占めしている自民党の鈴木宗男氏などは、国会議員を虚構として、人間活動の精神及び行為である自我、信念、努力などの中に誠、徳、義、信などとともに、「悪」「偽善」「無道」が同一に分類されることを、あきれるほど実体として示した。

人間は烏より、やはり一枚も二枚も上手である。

つまり、人間は汚したり毀したりすることは、烏よりはるかに上手であるらしい。が、修復するとなると烏と同じでうまくいかない。

人の病を本当に癒やすのは免疫力であるように、人間の社会にも本来はそのようなものがあるらしい。

人間社会の免疫力は、精神および行為のなかにある志望、忍耐、中道などといわれるもので、日本の社会が危機に陥ったとき、必ず国民大衆の志望、忍耐、中道が、蟻の営巣を演じてきたのである。それが明治以来の農民であり、中小零細の企業者とそこで働く人々であった。

今日政治家は、何が国を支えてきたのか、国敗れて山河ありとはどういうことかを忘れてしまった。

銀行に公的資金を入れて金融システムを安定させれば、中小零細企業の倒産は、自由主義経済の淘汰だという。

債権回収機構は、実質帳簿価額とやらで不良債権を買い取り譲渡損失が生じないように、売却を延ばし、その間にその大企業の立ち直りを待つという。

こうして不良債権から身軽になった銀行を買うのは誰か。

敗戦直後、経済の壊滅状態の中で最も生産の落ち込んだ鉄鋼と石炭を重点的に増産するために、「傾斜生産方式」がとられ、その上復金融資、価格差補給金、貿易資金特別会計などの政策と相俟って、じっと耐え、黙々と働き続けた中道の国民があった。

今日では皆が中道のように見えるけれど、過激のないところに中道はないのである。

過去の困難な時代を思い返して見ると、為政者と国民との間には、激しく反発しつつも、なお互いに免疫細胞のように働きあう、見えない糸のようなものが感じられる。

国政を託す偉い先生だった国会議員は、民主主義とやらで、ポンと、肩を叩けるような存在になったものの、その国会議員の頭の中からは、主である民は消え失せ、かつて血染めで守り抜いた千島列島の島々は国会カラスの餌場と化したのである。

こうして虚構の存在が「傾斜して」声高に饒舌をふるうと、国土も国際援助もすべて利権となるのである。

可愛　可愛と　烏は啼くの　可愛　可愛と　啼くんだよ

日本はまだ七つの子なんだろうか。

地《じ》金《がね》

地金というと土地と金《かね》のことだと鈴木宗男さんでなくても言いそうな世の中である。「地金が出る」といえば、国会などで、不良債権の担保になっている土地や外務省などの金、或は政策秘書の給料のことだと思う人もあるだろう。

言葉は時代によって変わるといわれるから、そのうちに広辞苑も変わるかもしれない。

あまり贅沢をしていない人たちを大衆などというと、贅沢をしている大衆もいるから、それなら貧乏人と言えば、これは差別かもしれない。つまり、私のように自分の時間の少ない働き蜂、これがつまり贅沢をしていない人という謂である。常に働いていないと生活できない人は、メッキの乾く暇がないので、つまり地金のままである。

日本では、そのような地金族が実は社会を支えてきた。いや、今も支えている。昔、百姓は学校など行かずとも、青春も、朱夏白秋も、厳冬でさえ田畑で立ち働いた。

商業学校へ行って、会社で日がな一日、明けても暮れても帳簿と睨めっこをして、資本金がいくらであろうが、売り上げがいくらであろうが、さして変わらぬ日を送る人もいた。

工業学校を出て、一分間に五百回転の旋盤なら超高速であったのが、NCという自動機になって、一人で何台も持ち、一日中工場で立ち続けている人もいた。

それればかりか昨今ではコンピュータという目に見えないものを操縦する仕事ができて、商業学校も、工業学校も、やや上級の工専もシステムエンジニアならぬコンピュータプログラマといいながら、実はコーダーで、せっせとコンピュータの画面に向き合って、こちらは坐りっぱなしである。しかし、彼等にも週休二日制などがあったりするから、私たちの時代のような貧乏人とは違う。が、やっぱり彼らも地金のまま暮らしているから、地金族である。

ところで、日本はレッキとした学歴社会である。つまりメッキ社会である。金メッキ、銀メッキに、銅メッキだってある。中には希に純金もあり、金張りもあるだろうが、殆どはメッキと考えてよい。

エリートと呼ばれるメッキ集団は、高級官僚、大手銀行や証券、生保損保等金融会社員、その他ほんの一握りの上場会社の社員から大学教授、今では地方公務員も、メッキの色は知らぬが、立派なメッキ族である。

メッキ族は法律をつくり行政を掌る。経済を動かし、政治家と肩を組む。

そして何が起こったか。

今や遠くなった日に、戦争があった。今では日本に戦争こそないが、数えきれないくらい異常のことが起きている。

外務省の公金乱脈は論外としても、医療と健康保険制度、年金制度が破綻すれば責任は誰にあるのか。きめられた通り保険料や年金を払い続けた地金族は誰に向かって叫ぶのか。

銀行のペイオフはともかく、日々変動する金融不良債権。不良債権処理を進めると言えば何か仕事でもするのかと思うが、これは土地の担保価値が下がった上に売却もままならぬ大企業が借金を負けて貰う徳政令のことである。

つまり、エリートがエリートに徳政令を施すのであって、地金族には徳政令はない。中小企業は借入金の返済を迫られるばかりである。私が最近経験した東京の事例では、銀行融資が四年間で三十億円から十七億円まで四〇パーセントも減らされた。

東京大学法学部では、入学した年に三時間でいいから簿記を教えるべきである。法律は観念で理解できるが、経済には実体がある。経済の実体を把握する手段として簿記的思考が必要なのである。

銀行の不良債権は、貸付金利子を発生主義で処理すれば、「きびしい検査」などしなくても試算表の「未収利息」の金額だけ見れば、誰にでもすぐわかる。

地金族はいつでも黙々と働くものとエリートや半エリ（着物の汚れを防ぐためにつけるものと同義？）が他人顔でいると「みずほ銀行」システムトラブルのようになるのである。

メッキが剥げたでは済まされない。これを防ぐには、原子力発電所を霞ヶ関の地下に造るとか発想を転換してはどうか。

莽

くさむら

骨壺

私はいなくなりました
何處へ行ったのでしょう
またお会いできるでしょうか

ちょっと待って
ちょっと待って
腕が、すっとのびてきた

ちょっと待って
腕は項を　そっとふれた

ちょっと待って
閉じた瞼に　舞い降りてくる

ちょっと待って
遠くで風が奔って行く
ちょっと待って
いいえ、もう
私は待てない

骨壺は
赤加比古窯加藤晃楽作
野見山暁治画伯の添画

母の死

百歳に半年余りを残して母が他界した。

文字通り明治、大正、昭和、平成の四代を生き抜いたことになる。

しかし、母の場合、生き抜いたには違いないのだが、何か生きる覚悟のようなもの、人が見て一生懸命のようなものが、感じられない生き方だった。

通俗的には、人並み以上の苦しいことが多かったはずの母の一生が、何かふんわりしたもののように私には思われるのだった。

こう書くと、私が遠くにいて看病もせず、母の死に目にも会っていないからだと私の姉弟たちは言うかもしれない。それは確かにその通りであろうが、私が母のところへ電話をかけると姉が電話に出て、「もうあなたとは縁を切ったから」と言って、取り次がない。母は、長男である私に会えぬまま死んで行った。

葬儀は、東京池袋の祥雲寺で身内だけでひっそりと行われた。母が亡くなって数時間後の夜中の二時に電話のベルで起こされた私は、通夜、葬儀の日時を知らされ、「喪主は姉だが、もし、くるならきてくれ」と、いつにない威丈高な次弟の声を聞いた。

父の戦死で、戦後無収入になった我が家には、世間知らずで世事に全く疎い母三十九歳。十六歳の姉、十二歳の私に弟二人の四人が、人心の荒んだインフレの世間に抛り出された。

母は軍人の妻であったというものの、軍人にも戦争にも、自分の意志があってないような生き方だった。だから明治、大正の幼時から娘時代はまるで不自由知らずの一人娘として育ち、軍人の嫁は金持ちで美人と言うことも知らずに父と結婚し、生活費は在所から貰うものだと思っていたのではなかったか。

父は戦死し、戦争に負けて、わが家には母の全く思ってても見なかった時代が大波のように押しよせてきた。

姉はまもなく女学校を卒業し、この地方で二、三の会社に就職らしいことはしたものの続かない。止むなく、父を知る人に助けられて厚生省に入り、のち千葉県庁へ転じて停年近くまで役人生活を送った。

一番どうにもならない年令なのが私で、旧制中学を退めて、働きに出るより仕方がなかった。昭和二十四年四月。初任給は三千円だった。

こうしてわが家のどん底時代は即ち私のどん底時代なのだが、母も内職のようなことや、行商のようなことをしたものの続けられるわけもなかった。

私の収入がある程度のものになるまで、我が家の収入は借金だったから、やがて僅かながら亡父の恩給がもらえるようになった頃、次弟は高校を卒業して勧業銀行（当時）に就職し、一年足らずで東京へ転勤した。続けて三弟も東京の高校へ転校、厚生省の姉はすでに在京していたから、恩給のついた母共々、東京の人となりわが家には、私一人が借金を抱えて残ることになった。

こうして、千葉県の船橋に、姉名義の土地と家が建ち、母はそこが終の棲家となった。

私の娘の結婚式には誰も車椅子を押す人がいないので母は出席できなかったが、結婚式のビデオを九十歳幾つかすぎた母が、一人で操作してにこにこしていた。

私の母方の叔父に終戦の八月十五日までは日にあけず我が家へ立ち寄っていた人が八月十六日から今日まで一度も姿を見せない人がいる。（家には軍の配給の酒があったらしい）が、私の姉弟が、たかだか母の軍人恩給や自分たちの暮らしぶりが豊かになったからと言って借金と共に郷里へ置いてきた兄を疎遠にするとは全く思いもしなかった。

数年前に、私が次弟にそんな話をしたとき、次弟から立派にタイプした手紙がきて、それには、たかが高校を出したくらいでどうしたと言うのだ、高卒で銀行で働くことが、いかに大変かとまるで銀行員になったことが迷惑ででもあるように綿々と書いてあり、私を唖然とさせた。

昭和五十二年に亡父の三十三回忌を行ったときは、それでも全員集まったが、戦車聯隊の慰霊碑建立もすべて私が賄った。

そののち、もう姉弟共々一人前の収入になったのだからこれからは収入に応じて負担するようにしようとしたことが、姉弟を疎遠にする一因になったらしい。

これらをすべて高度成長、バブル社会のせいにすることは容易い。人は僅かのモノやカネを背景にするとこんなに傲慢になり、人生の美意識などかけらさえ見当たらなくなってしまうのだろうか。そんな現象を少し表情を変えるだけでじっと眺めるともなく見てきたのが母の一生だった。

最晩年になって、東京山の手まごころサービス会から派遣された介護の人が実に情のこもった人だったことに、母の受身わざの極みを見る思いで、少しほっとした。美しい死顔と共に密かな慰めであった。鳳壽喜徳大姉合掌。

「ゆうべの夢」
～小坂英一君を送る～

阪田寛夫に「それはゆうべの夢でした」という詩がある。

それはゆうべの夢でした
やっぱりゆうべの夢でした
みんなゆうべの夢でした
だけどゆうべはすばらしかった
すばらしかった!

私などは、すっかり諦めた戦後の暮らしの中で、すばらしいことは夢にさえ出てこないものと思っていたから、この阪田寛夫の詩に出会ったとき、大いに感激したものである。
ところが、わが友小坂英一君は、この世のすばらしさを夢なんかでなく、現実に追い求め、その多くを体験しつつ疾風のように、駆け抜けていったのではなかったか。
時習館の頃の彼を、私はよく知らない。彼の葬儀で弔詞を述べた蒲郡の鈴木基夫君が、彼とよく通じ合った友人であったから、小坂君もよく勉強をしたのだと思う。何しろ鈴木君というのは、先生が何か言うと、殆んど煥発をいれずに「ハイッ」と手を挙げる。すると、教師が「基夫クン」

とやる。だから、私たちは鈴木君のことは「ハイ、モトオ」と覚えていたくらいであった。その鈴木君が葬儀の弔詞で、しきりに小坂君の判断力のすばらしさに言及していたから、小坂君の勉強も人並みを越えていたのだと思う。小坂君は、慶應へすすみ、卒業後は実にいろいろのことをやったらしい。つまり何でも出来る男であり、違いの判る男であったのだ。

彼が青年会議所の理事長をやったり、新自由クラブから衆議院議員に立候補した華やかな頃、私とは殆んど接点がなかったが、彼は単に華やかなだけでなく、人助けも好きだった。彼が慶應の頃の遊び仲間だった野口製菓の社長を助けるために、私も駆り出されたが、彼はこの一銭にもならぬばかりか、当の野口君から感謝されているのかどうも定かでない仕事にも実に熱心で、私は毎朝のように小坂君に迎えにこられた。

彼はもの事によらず、何事につけ、成否にはかかわりなく只管熱心で、たとい成果が得られなくとも、落胆するわけでもなく、気持ちの切替えは、美事というより、心がごく自然に移って行くようだった。

しかし、彼の内なる自負心には並々ならぬものがあったから、彼は、この地方の政財界の巨魁である神野信郎氏の知隅を得て、東三河懇話会という、地域をリードするような組織でこそ彼のポリシーが発揮されたとも言えるのではなかったか。

「小楼に躱《のが》れいりて一統をなし、その冬夏と春秋とに与《か》んせんや」（魯迅）というような私の嗜好とは、ある意味では真反対であった。

だが、そんな彼が新聞社の社長になって、どういうわけか私の原稿をよく取り上げてくれた。

彼は私のところへもよく立ち寄って、武蔵精密工業の大塚君を連れてきたのもその頃だが、彼は常に、実に精力的であった。大塚君は私の掌に乗る小さな計算器では桁が入らぬような仕事をしていたが、体はすでに一病を得ていた。それに反し、小坂君は病気とはどんなものか、彼にとって、それは単なる観念としてしか存在していなかった。

大塚君は自動車メーカーの創業家で社長を努めたのだから、勿論、自分の車だが、運転は大抵は小坂君だった。

「俺はいくら運転しても平気だから」と、いって、私の車の運転を買って出てくれ、信州上田の無言館まで行ったこともあった。

大塚君に小坂君、それに豊橋信用金庫の水野君と私とで、豊橋の市街地の活性化や市電の延伸を本気で考えたときが小坂君が最後に輝いたときだったが、大塚君の急逝でこれはただの夢になった。

それでも、壮健な小坂君は、健康診断とか、血液検査とか言うものとは、全く無縁だった。夫人の郁子さんも負けず劣らずの健丈さだったから、小坂君は奥さん共々、常に夢が現実のすばらしい毎日であったと想像されるのだった。

そんな小坂君が体調の不良を自覚したときには、彼の胃と肝臓とは、すでに宿痾に犯されていた。しかし、昨年十月、名古屋大学病院で癌剔出手術をした後も、彼は意気旺んで、癌に正面から立ち向い、人生の夢に東奔西走した彼のエネルギーを、癌という標的に集中し遖《あっぱ》れであった。

しかし、いつしか彼も「やっぱり癌は強敵だ」と呟き、抗がん剤の副作用に苦しむ日が多くなった。それでも彼は、もう一息の頑張りだといっていたのだが、遂に去る十月十三日幽界に去ってしまった。

夢のように現実を駆け抜けた小坂君の、安らかな休息を祈るばかりである。

惜別　大塚公歳君

大塚君が忽然と世を捐てて、もう二カ月がすぎた。何も考えることさえできないうちに過ぎてしまったとしか思えない。

大塚君と私が同級生であるということは、確かにその通りであって間違いではないけれど、大塚君が時習館に転校してきたのは、私が学校を退めた後だから、大塚君と私とが、学校で顔を合わせたことはなかった。

その上に大塚君や小坂君たちが、楽しく学生生活を謳歌していた頃、私は貧乏のどん底にあったから、ずっと大塚君たちと行動をともにしたことはなかった。

その後も、ごく稀に、同窓会などで彼の姿は見ていたが、彼の会社がどんどん大きくなったこともあって、私との接点は全くなかった。

ところが、大塚君の最晩年になって、つまり、彼が突然死んでしまったから、彼の晩年ということになってしまったのだが、その晩年に至って急に親しくなったのである。

それも、ただの親しさを越えて、全く意気投合したが如き関係になった。

とは言うものの、大塚君を私のところへ案内してくれたのは小坂君である。小坂君は大塚君と前後して青年会議所の理事長を務めた仲だから、私などの遥かに及ばない親友だった。その親友の小坂君が、私に対して、大塚君はいやに君が気に入って、君に対する評価は日増しに高いよ、とややあきれ気味であったが、私も忽ちにして、心の友になった間柄は不思議で、今頃になって出会い、偶然にせよ、どういうわけか馬が合ったとしか思いようがなかった。

しかし、そう言うものの、大塚君と私とでは、過ぎ来し人生の軌跡が大違いである。

彼の会社経営は、世界的規模であって、アメリカをはじめ文字通り世界を股にかけての活躍は、彼のお別れ会の展示を見て、つくづく感心し、彼の死が一層惜しまれてならない。が、私の方は小楼に閉じこもって、一人自分の想念をただじっと温めてきただけだから、中国の喩え話にある大鵬《おおとり》と鷦鷯《みそさざい》のような関係だと言える。しかし、大塚君にとって、一点だけを取れば、彼の全く考えなかった世間を離れて私だけの世界に生きようとしているものを発見して、彼の感受性は、妙に感心したらしかった。

そんなわけで、ここ三、四カ月は毎日のように電話で話し、ときには夜遅く、彼と延々と語り合ったりした。

私事であるが、昨年の暮近く、私の小説集の出版記念会には、同級生を代表し大塚君は挨拶をしてくれた。そのとき、彼から見れば、とり上げる程もない私の事を語るに困って、「お互いこの年令になって本を出版することはすばらしいことだ、彼（私）のような生き方は同級生の星である」という主旨のことを言った。しかし、大塚君こそが巨きな星であって、今、巨星を失って、星屑のごとき私が残っているのである。

大塚君は、巨きすぎたが故に、しかしこの豊橋に入りきらない大きさで、そのために反って彼自身の実力が今日まで地域で充分に生かされたとは言い難い。大塚君自身も今後は豊橋を中心とした地域の発展のために次ぎつぎと夢をふくらまし、熱く胸をたぎらせていた。

大塚君が小坂君を支えとして、私も一臂の力を添えることができるのを、どんなに楽しみにしていたことか。

大塚君の死は、ただ君の死を惜しむだけでは済まない、それ以上にこの功利主義以外の育たぬ地域の真の活性化の夢が潰えようとすることが惜しまれてならない。

大塚君、君と別れることはできない。君にさよならと言っても、君への想いを消すことはできない。

中ちゃんとの別れ

中原君。キミとこんなに早く突然別れてしまうなんて、誰が予想し得たでしょうか。キミは、昼夜を分たず、元気そのもので、いつも朗らかでした。歌を唄えば、現代のリズムが自ずとキミの血となり、若者顔負けのエンターテイナーである半面、一度び受けた恩義をキミは終世忘れることなく、江戸庶民の義理を守り続けるような律儀のひとでもありました。

しかし、今思えば、キミは常に両手一ぱいの重い荷物を提げ、それでいて、颯爽と風を切るような風丰で、真直ぐに歩いてきたのでした。

そのキミの回りには、第一にいつも変らぬ百年の恋人であり、同時に母のように温かい奥さんがいました。その上、目の中に入れても痛くない美しい娘の教予さんがいました。教予さんには、篤実な夫がいます。可愛らしい孫もいます。そんな家族愛を背景に、中原君、キミの事業は順風に乗っていました。キミは三河造園という会社を率いて一統を成し、この地方の環境緑化事業の業界リーダーとしての役割も果たしてきました。キミは同業の仲良しの皆さんや安心して任せられる大勢の社員にもとりまかれていました。

そんなキミが、突然居なくなってしまったのです。

キミと僕とはもう六十年にもなります。

その間、キミはずっと中ちゃんであり、僕はいつの日からか「センセイ」になりました。しかし、これはお互いに親愛をこめて呼び合う符牒のようなもので、「センセイ」の僕は、中ちゃんの義侠心に何度も助けられてきました。

つい先日、僕の坂上吾郎の出版記念会でキミは発起人を代表して挨拶をしてくれました。キミの挨拶は、いつもながらよく聞きとれないのですが、キミが言っていることは僕にはよくわかるのです。世間には上手に喋る人は大勢います。が、心で喋る人は滅多にいません。キミの言うことが何であっても、キミと僕の間は変わらないのです。何よりも、その日あのときの晴れ晴れとしたキミの笑顔は、少年の頃のままでした。

しかし、キミはそれからわずか半月余りで姿の見えないところへ行ってしまいました。キミの姿は見えなくても、それでも、キミの心は僕の心の中にはっきり存在しています。今までの何十年と、少しも変わらないキミが僕の中にちゃんといるのです。

中ちゃん。キミと僕との間に言葉はいらなかった。だから、キミが何も言ってくれなくても、僕には、よく聞こえるのです。

これからも、中ちゃん、ずっと、仲良くしよう。

中ちゃん、ゆっくり、休んでください。(弔詩)

比島歴戦の勇士　桂文雄さんの静かな死

桂さんに初めて会ったのは、もう三十年も昔のことになる。桂さんは、税務署の呼出しを受けて、出頭し、「ショトク」とか、「シュウニュウ」とか、「ヒツヨウケイヒ」とか落着いて聞けば、何のことかくらいはわかるのだが、何しろ場所が場所である。まして、そのよくわからない日本語で、いとも簡単に当然のように問いかけてくるのは、桂さんよりずっと若い税務署員である。

いくら桂さんが税金の知識がなくても、当時は税金というものは、ある日突然、いや応なしに取られるもので、万が一にも、くれるようなことはない、くらいのことは、わかっていた。

しかし、小さな製材工場を営んでいた桂さんは、その税金というものが、自分にかかってくるとは、迂闊にも思いも寄らなかった。

桂さんは頭がボオーとなって、とにかく言われるままにハンコを押して帰ってきた。明くる日になって、桂さんは、税務署へ帽子を忘れてきたことに気がついた。さて、どうしようか。税務署へは二度と行きたくない。が、帽子はとりに行かねばならぬ。

友人に紹介された税理士事務所で、桂さんは、ありのままを話した。三十半ばくらいの税理士は聞き終わると、「僕がとってきてあげますよ」と、言ってニッコリした。

それから、桂さんは、聞かれるままに、とつおいつ、敗戦後復員して製材工場で働いたこと、やがて小さいながら独立して製材工場を始めたことなどを話したが、思いがけなく、税理士が熱心に聞いてくれたのは、桂さんの戦争体験だった。桂さんは、昭和十六年に二十歳、徴兵検査合格。第一乙。昭和十七年三月現役。名古屋で入隊するとすぐ蒙彊の大同へ派遣された。独立野砲第十一連隊には野砲二箇大隊六中隊があった。入隊当時は他に一〇五ミリ砲一箇大隊三中隊があったが、間もなく転属になり、桂さんたち七十五ミリ野砲連隊は、馬場連隊長の下、六箇中隊、野砲二十四門だった。大同は零下三十度の厳冬と夏は四十度の酷暑ながら、豊かな自然に恵まれた静かな街であった。

しかし時を経ず、野砲連隊は河南作戦に参加。北京経由、北関《ぺいかん》線で商城まで南下、以後黄河、揚子江流域で作戦行動を続ける中、南方の日本軍の苦戦が伝えられるようになった。

昭和十九年七月六日米軍の反攻きびしく、ついにサイパン守備隊が全滅。野砲兵連隊に急遽転進命令が下る。

桂さんの野砲連隊は、いったん大同に帰還した。昭和十九年七月二十一日行先もわからぬまま貨車で大同を出発。北京を通過し奉天を通りすぎ、朝鮮半島を南下して釜山に着いた。深夜釜山から乗船、門司に集結して、八月八日いよいよフィリッピンのルソン島マニラへ向って出港した。輸送船十五隻に三万五千の将兵を載せ、護衛艦も空母大鷹をはじめ、駆逐艦五、海防艦七という堂々たる船団であった。

野砲連隊は、輸送船の摩耶山丸（一一、〇〇〇トン）に野砲連隊長と連隊本部及び野砲一箇大隊が乗船。能登丸（八、〇〇〇トン）に桂さんたち野砲兵一箇大隊が乗船した。

大輸送船団は台湾海峡の澎湖諸島、馬公を無事に過ぎたが、バシー海峡には敵潜水艦が待ち受けている。

いったいバシー海峡というのは静かな海なのか、波は荒いのか、桂さんにはまるで記憶がない。それもそのはずである。八月十八日早朝、堂々の輸送船団が遥かにルソンの島影を左舷に認めたとき、突如敵魚雷の集中攻撃を受けたからである。空母大鷹もたちまち大音響と黒煙を残して姿を消した。この奇襲攻撃で護衛艦十三のうち八隻を失い、輸送船に至っては十五隻中何とかマニラ港へたどり着いたものわずかに四隻であった。

マニラ港は、すでに地獄絵で、さながら海の墓場であった。撃沈され、大破された船が船腹を見せて赤い炎と黒煙につつまれ、マストは波間に傾き、使用可能な埠頭は一カ所しかなかった。

幸い摩耶山丸は八月二十日、能登丸も八月二十二日入港できたので、野砲大隊六箇中隊は上陸し、野砲二十四門も無事揚陸することができた。

しかし、フィリッピン戦線はレイテ島の決戦について、日本軍の指揮命令が混乱していた。マリアナ沖海戦の敗北。台湾沖航空戦勝利の誤報、つづくレイテ湾海戦の不可解な敗戦で、我が軍は制海権、制空権を共に全く失った。そこに悲劇のレイテ島支援上陸作戦を繰り返すことになる。

野砲連隊は先発小幡中隊が野砲二門をもって高速船セベレス丸で泉兵団今堀支援隊と共に上陸に成功したが、続いて十月八日セベレス丸、金華丸、高津丸の三隻の高速船で再びレイテ島オルモック湾を目指した本隊は敵の激しい攻撃により、金華丸だけが辛うじてマニラに帰投した。

高津丸は沈没、セベレス丸はセブ島沖で直撃弾を受け船体は真二つ。船首部分がセブ島に座礁し、兵も野砲も海中に没した。桂さんは、船首部分と共に打ちあげられ全く思いがけなくセブ島にはい上がり、一命を取り止めた。

乗船位置による桂さんたちこの奇跡の生存者約百五十名は、島伝いに筏や小船でマニラに帰り着いた。十一月十八日残留の後発部隊が低速船五隻で更にオルモック湾を目指すが、敵機の攻撃で全船が沈没し、兵員も食糧も全く揚陸できなかった。もう船は一隻も残っていなかった。

ルソン島にとり残された桂さんたちは軍装もなくそれから終戦まで約十カ月間をルソンの山中を転々とし、形だけは米軍と対峙しつつも、真実は飢えとたたかい、トカゲ、ヘビ、野草など、サルの食べるものなら何でも食べた。日時もわからぬ中に雨季もすぎ、やがて米軍のビラと拡声器で戦いの終わったのを知った。桂さんはやせ衰えて米軍に収容され、昭和二十一年十月祖国の土を踏んだのである。桂さんの帽子はそのときかぶってきたものだった。

片やオルモック湾から火砲弾薬整備のため金華丸に残った野砲第三中隊長・長谷川大尉はマニラ湾で金華丸も遂に沈没。一面油の海を泳いで上陸し、残った兵を指揮して以後ルソン島でたった一門の砲を守って生き抜くことになる。

長谷川大尉、桂伍長は、同じ野砲連隊にあって、ルソンの戦場ではそれぞれにたたかい、奇しくも生きて故国の土を踏んだ実に一千人中わずか十数人の戦友であった。桂さんは、何十年も昔のこの話を何度も目を輝かして昨日のことのように語った。

桂さんはこの戦記を残すために、私を広島在住の長谷川元大尉に紹介してくれた。

私は長谷川充扶氏と歓談して広島から帰ったのだが、なんとその夜、桂さんは率然として天命に従い静かにこの世のすべてのたたかいを焉《お》えたのであった。

惜別　青木さん

青木さんに最後に会ったのも、もう何年か前になる。昔、青木さんにお世話になった人を連れて、年の瀬に青木さんの家を訪ねた。青木さんは、すっかり肩の力が抜け、にこにこ嬉しそうだった。

河合陸郎氏が市長のとき、青木さんは、突然豊橋市の助役になった。私はロクさんとは親子ほど年齢が違うが、よく市長室に遊びに行った。助役の青木さんは威張った人で、ほとんど挨拶をしなかった。

私は、官僚の威張るのは大嫌いだったから、青木さんとは話もしなかった。

戦後間もない昭和二十八年の参議院の選挙で、青木さんは初代国税庁長官であった全国区の高橋衛さんの秘書役のようなことをやり、選挙違反の責任を独りで背負い込んで地下に潜った。時効になって晴れて地上に顔を出したが、この一騎当千の士の使い手がなかった。そこで大野伴睦氏からの話で、河合さんが、豊橋の助役に迎えたという。

あるとき河合市長を訪ねたら、「助役が同席してますが、いいですか」というので、私は構わず、市長室に入り、河合さんと向かい合って座った。横の青木助役の方は全く見ずに、用件だけ話して帰ってきたことがあった。

後日、総務部長の西野さんが、「あの人はどういう人だと、助役が言うので、よーく説明しておいたから、今日は、こっちにも入ってください」といって、私は後ろから押されるようにして助役室に入った。青木さんの怪気炎をきいて、仲良くなったが、その後も特別な親交を結ぶ機会はなかった。

私は河合市長が退任するとき、請われて職員幹部研修の講師を勤めたことがあったが、青木さんとざっくばらんに話をするようになったのは、技術科学大学誘致のときからである。

技科大誘致も大詰めにきていたが、何と大蔵省の予算はゼロ査定という結果だった。私は、行政の事業には全く関係なかったが、偶然駅前で、市議会議員で誘致委員長の植田九一氏に出会った。植田さんにコーヒー屋に引っ張り込まれて、「あなたは霞ヶ関に知人があるそうだから、電話でも、何でもいい、ゼロ査定じゃ困るんですよ」と年長の彼が切実に訴えたのである。

そこで、私は、とにかく電話をかけた。

「ゼロ査定じゃあ困るので、調査費二千万円でもいいから、何とかなりませんか」

「もし予算がつかなかったら、あなたはお困りになりますか」

「いや全然困らない」

「じゃあ誰が困るんですか」

「市長が懐に辞表を入れているというから、市長は困るんでしょうね」

「そうですか。できるだけ努力しましょう、しかし、あなたが困るわけじゃあないですね」

電話の向こうで念を押されたが、予算は調査費どころか、全部ついた。

青木さんから私の家にお菓子が届けられたことをロクさんに話したら、

「へえ、あの男に、そんなことができるのかねえ」と笑っていた。

私と技科大の創立以来の関係は今も続いていて、エコロジー学科のときは佐々木先生から頼まれて交渉に当たった。

河合さんが亡くなって三年くらいして、西野さんが亡くなった後で、偶然、青木さんと新幹線で乗り合わせた。青木さんはしみじみと、

「河合さんから僕が頼まれたことが二つあった。一つは、豊橋は三十万都市なんて言ったところで、職員は村役場だ。これを何とか市の職員にしてくれ。二つ目は何をやるにしても、中央の金がいる。国から予算をとってくれということだった」

青木さんは一息入れると続けた。

「国の予算の方はともかく、市の職員の教育というのは大変なんだ。それを西野君が、先頭になってついてきてくれた。彼がいなかったら青木学校なんて、とても出来ることじゃあなかった」

青木さんの目頭に、思いなしか光るものがあった。

私が、ずっと以前河合さんに「青木さんは民主主義ということがわかるんですかねえ」と、いったら「そんなことわからんだろうね」とニッコリされた。

戦前台湾総督府の産業部長とかだった青木さんは、大型助役から、大型市長として、豊橋の発展に全力で尽された。が、ときにきびしい態度だった彼の優しい涙を知る人は少なく、当選確実と言われながら選挙に敗れ、舞台から去った。

ご冥福をお祈りする。

蔭山君の死

蔭山君の奥さんから、突然電話がかかってきた。僕はとっさに変だなと思った。蔭山君の奥さんとは、一度も話をしたことがなかったからである。

やっぱり、蔭山君が死んだという知らせだった。

蔭山君と最後に会ったのは去年の暮れも押し迫った日の夕方だった。いつものように蔭山君は、リンゴ一箱を持ってやってきた。彼は、その重い箱を、わざわざ道路の向こう側に車を止めてかついでくるのだった。道路の向こう側の車の運転席にいるのが奥さんで、毎年のことだが、だから僕は奥さんの顔をよく見たことがなかった。

蔭山君のくれるリンゴはおいしい。どこがどう違うのか、とにかく一段と違うおいしさである。これも毎年のことである。年によってはミカンのこともあるけれど、これがまたおいしいのである。青島だかなんだか、そんなことはどうでもよく、ただ不思議においしかった。

蔭山君は、リンゴを僕の事務所の玄関に置くと、いかつい風丰からは想像できない恥じらいの素振りで逃げるように帰ってしまうから、僕の事務所の職員の一人が蔭山君がどんな人か見たいという。

そこで去年の暮れに彼が来たとき「君の顔が見たいというものがいるから、ちょっと待ってくれ」と僕が引き止めたら、「見てもあんまり得にならん顔だと思うがなァ」と言って彼は少し含羞（がんしゅう）の笑みを洩らした。

この一言が、彼が僕に残した別れの言葉になった。

蔭山君と識り合ったのは、僕が旧制中学の二年の頃だから、もう五十三年も昔のことになった。彼は二中だったから当時学校は異なっていたが、蔭山君は有名の不良少年《なうて》であったから「カゲヤマサブロウ」という名前は知れ渡っていた。彼に呼び出されたが恐ろしくて行けないと言う級友に付き添って行ったのが、彼に会った始めだった。

そのうちに学校が離合集散して一時彼と一緒に学校へ通った。その頃僕の家は敗戦による世の激変で貧窮を極めていたので、通学の電車のキップはいつも彼が僕のために調達してきた。僕は学校の帰り途に試験の予想問題と解答を教えた。

「これ一つ覚えて三十点とれる。零点よりはずっといいじゃないか」と言うと、彼は頷くともなく僕の説明を何度も聞いた。

間もなく僕の家計の都合で僕たちはそれきりになって、何年くらい経ったか、彼が突然訪ねてきた。彼の用件は、女房と別れるので、全部女房にやるようにしてくれといった主旨で、僕は言われる通りにかたづけた。

それから又何年か過ぎて、彼がやってきた。蔭山君は国鉄に勤めていた。今度は、「相談」には違いないのだが、彼にして見れば、誰かに言わずには居られなかったのだと思う。彼は給与明細書を取り出して、「いくらなんでも安いだろう」と言った。つまり、これじゃあやっていられないというわけである。

昭和五十年代で蔭山君が四十歳半ばの給料は手取り十何万円かで、たしかに安い。彼は国鉄の改札係だった。ときどき酔っ払いの乗客がからんでくる。蔭山君は腕に自信のあったのが禍して、給料が上がらないということもあったらしい。

僕の前に坐っている蔭山君は、しきりに汗を拭いている。胸幅は堂々と厚く、ボクサーにでもなったら成功しただろうなあと思えたが、目の前の蔭山君は国鉄職員だった。

「たしかに高くはない――。しかし、よく考えれば、キミに毎月十何万円か払うのも大変だと思うなァ」と僕が言った。蔭山君は「そォゥか、じゃあ、もう少しやるか」と言って帰って行った。次に蔭山君が来たときは、二人共意見が一致して彼は退職した。蔭山君は保母さんをしている奥さんと一緒になっていて、草花を栽培していた。

いつ頃からか、もう何年も暮には必ず訪ねてきて、おいしいリンゴやミカンをくれた。写真になった蔭山君に線香をあげた。懐かしい彼の顔は鷺草や勿忘草《わすれなぐさ》を育てているやさしい影がさしていた。

蔭山君の死は七十近い老友の死とは思えない。僕たちは少年のままで別れたのである。不良少年でこそ、君子の交わりができると、僕は堅く信じている。

コミさんの死

去る二月二十七日、コミさんがロサンゼルスで亡くなった。

コミさんといっても、私は田中小実昌氏に会ったことがない。じゃあコミさんを知らないんじゃあないかといわれると、そうでもないのである。

少なくとも私は近々にコミさんと会うつもりでいた。きっと仲良くなれるだろうと楽しみにしていた。

つい先日も、実はコミさんの家に行ったばかりだった。といっても、本当はコミさんの隣の野見山暁治画伯を訪ねたのであった。

野見山さんのウチは、何とかいう有名な建築家の設計で、この建築家は自分の思い通りの家しかつくらない。これが、一切余分なもののないハコの組み合わせのような具合で、うっかりすると台所もない。それで野見山さんのウチは段差のある広い大きな部屋に、画伯の仕事場もあれば、応接間もあり、食事もそこで摂ることになる。折悪しく食事時に人が訪ねてくると、人の待っている横で食事をすることになるので困ると言ったら、建築家は、いえ次から客がその時間には来なくなりますよ、という答えが返ってきた。

コミさんは、この野見山さんの妹のダンナである。それで、コミさん夫妻は野見山画伯の隣に家を建てたのだが、こちらの建築家は野見山さんの妹さん、つまりコミさんの奥さんの昔からの友人である女流建築家に依頼した。ところが、無名だと思っていたその建築家は、いつの間にか新進気鋭の建築家になっていた。そこで出来上がったものは、〝新進〟の名に恥じぬ超現代風のウチだった。屋根はまるで関西空港のようである。窓も何とも表現できない。表札は「田中小実昌」と白い石にかすかな凹凸で、目を近づけないと読めない。随分と風流なものだと思ったら、この超現代建築が出来上がって、コミさん夫妻は恥ずかしくて仕方がない。そこで、表札の文字を上からこすって消してしまったのだということだった。

コミさんは結婚した当時から、ずっと居所がはっきりしない人で、昔あったコックリさんが乗り移ったような感じである。

コミさんは勿論だが、野見山兄妹もウルサイことは嫌いだし、いやなことを辛抱することはもっといやだから、コミさんが亡くなったことはしばらく放っておこうと思った。しかし、共同通信から電話が入って万事休した。

記者「旅先で亡くなられたのですね」

画伯「いや、別にあれは旅先ということではないです」

記者「じゃあ何処で亡くなられたのですか」

画伯「………」

記者「ホテルですか」

画伯「……いや知らないんです」

記者「田中さんがどこにいたかわからないんですか⁉」

画伯「………」

つまりコミさんの住所は常に、今日在るところが住所だったから、そのときの本人しかわからないのだが、これを普通の人に説明するのはむつかしいのであった。

コミさんは、ロスで、毎晩にぎやかに飲んでいたらしい。が、どうも様子がおかしいというので、家に連れ帰られて寝かされた。

あくる日になって、いよいよおかしいというので病院へ連れて行かれたのだが、コミさんは一人天命を知っていた。

「バスへ乗って行きましょう」

コミさんは野見山画伯にそう言った。

野見山画伯が「バスへ乗ってどこへ行くの」と言うと、コミさんは「どこへって、いやどこでもいいんですよ、とにかくバスへ乗って行きましょう」と言って出かける人だった。

コミさん夫妻は手許にいくばくかの金銭があるかぎり決して仕事をしなかった。コミさんには管理社会も高度成長も、リストラもない。虚実さえもなかった。ロサンゼルスはコミさんにとって異国でもないし、まして旅先でなんかない。心やさしい哲学者コミさんは空気に溶けてしまったのである。

ロスの病院では、この眠れる直木賞作家コミさんの装いを見て、殆ど無料に近い待遇だったという。

小林禮子さん逝く

過日、朝刊で小林禮子さんの訃を知った。小林禮子さんは、人ぞ知る大木谷、囲碁界の高峰木谷実九段のお嬢さんであり、若くして女流棋士として活躍し、その美しいマナーがかもしだす、香り高い雰囲気は多くの囲碁ファンをとらえて放さなかった。

父上である木谷九段は戦前の碁界で無敵の呉清源氏と勢いを二分する高手であったが、呉清源氏との争碁に敗れ、のち不運にも病にたおれられた。しかし、引退した木谷九段は、後進の指導に尽くされ、木谷道場と呼ばれる門下からは多くの高段棋士が生まれ、今日の碁界発展の礎をなしている。

その木谷さんの子供さんはみな、学問にすぐれ碁の道を継いでくれない。三女の禮子さんがとうとう父上に捕まって棋士にされてしまったと言われるが、そこは血筋で、女流棋士として一時代を画した。禮子さんは三十歳をすぎて十歳も年下の小林光一青年と熱烈な恋愛を断固として貫き通し結婚されたのだった。その小林青年こそは前名人であり、棋聖八連覇などで今日、棋界に君臨する小林九段である。

私が小林禮子さんと碁を打ったのは、まだ木谷禮子さんの頃だから、もう二十年以上も前のことになる。

私程度の棋力では、たとえ置き碁でもプロの棋士に勝てる筈がない。どうせ敗けるなら、きれいな人に敗かされる方がよいと思って、木谷禮子さんにお願いしたのがはじまりで、しばしば四ツ谷の木谷道場へ出かけ、必ず禮子さんを相手に五子で打ってもらった。当時、木谷禮子さんは五段であったかと思われるが、私にとっては五段も九段も同じで、事実私は九段の先生とも三段の若い人ともみな、五子で打った。

木谷禮子さんに私は一回も勝ったことがなかった、と言うより彼女は私に一度も勝たしてくれなかった。が、もとより敗けは覚悟の上である。勝ち敗けよりも何よりも私がうれしかったのは木谷禮子さんの対局態度である。やさしさの匂う風情で石を打つ姿がいかにも美しい。それでいて、その石は容赦なく肺腑を射抜く。私は彼女の仕草に見とれる心地よさに碁の指導をお願いしたのだったかも知れなかった。

ただ困ったことが一つだけあった。彼女の指導碁は隣で父上である大木谷九段が、いつもじっと見ているのである。木谷九段は禮子さんと私の碁を黙って見ていて、身動き一つされない。これには私も全く閉口した。今思い出しても冷や汗が出るくらいである。というのは私の碁がまた、面白いからである。

あるとき私の黒石は碁盤を横切るくらいの大石がその中央を一カ所切られればたちまち頓死する形であるのだが、私は、その石を継がずに打ち進め、禮子五段も切ってこない。そのまま、他の箇所に私のミスが出て、中押しで私は敗けることになるのだが、周囲の見物から声が出て「もし、ここを切られたらどうするんですか」と、碁盤中央を指して咎めるように言う人がいた。私はすかさず、「そこを切れば碁が終わってしまうから、上手がそんなことをするわけがないですよ」と言って爆笑になった。木谷禮子さんは、こんな私に、いつもにこやかに、さわやかな態度でお相手をしてくれた。

木谷禮子さんの打碁解説の会にはいつもお誘いの手紙を戴いた。花模様のすかしのような瀟洒な便箋に、なかなかの達筆であり、これには何を措いても出掛けないわけには行かない。会場へ着くと、あちこちにそれらしい手紙を懐から取り出して大事そうに見入っている人が見受けられ、ついおかしくなったことである。が、木谷禮子さんはもちろん、客寄せに宣伝の手紙を書いたのではなく、彼女と碁の心の通う人がいかに多勢いたかということであったのだった。

◇

木谷禮子さんが小林禮子さんになってからは、私は一度も碁を打たなかった。禮子さんは好きで結婚されたのだが、それでも何だか主婦かけもちの彼女を見るのが痛わしい気が、私にあったのだと思う。二十年が流れ、その間に私が一番親しくしていた名古屋の島村九段も亡くなられた。島村さんと一緒に呉清源さんのお宅へ遊びに行ったことなども思い出される。呉清源さんのものは本や色紙などがあるが、木谷禮子さんのものは件の手紙だけが残った。

日本女性の美しさを代表するような人であった。五十六歳ではいかにも惜しまれてならない。杳かに冥福をお祈りする。

―残念ながら×です―
司馬さんとの別れ

十二日夜九時すぎ、鈴木啓式氏宅で夫人のコーヒーをご馳走になっているところへ、東京の娘から電話が入った。「お父さん！　いま司馬さんがお亡くなりになった」とテレビで知ったという。家へ帰った私はテレビニュースを待つほどに、司馬さんの死をはっきり知ったのである。

二月一日に司馬さんから一月三十一日付のハガキを戴いたばかりであった。私が、ちょっとお願いごとをしたのに対し、司馬さんは「御尊父のこと、なかなかむずかしく―語るべき人も亡くなって―」という書き出しのやさしいご返事であった。

今から二十数年を遡る。私の親友である瀧島義光さんがパリへ赴任することになって、かねて彼から薦められていた「坂の上の雲」を読んで私はすっかり感動し、興奮した。中でも日露戦争の秋山好古、眞之兄弟のとくに秋山好古騎兵隊長のくだりでは、少年の日の父の俤と重なり合って、私ははじめて父の夢を一度ならず見たのであった。

そこで、瀧島さんへの餞別に私は司馬さんの色紙を戴こうと勝手にきめ込んで、司馬さんのお宅へ電話をかけた。これがそもそも司馬さんと私との邂逅であった。

司馬さんはご自分で電話口へ出られ、「豊橋の、こういう方を知りませんか」と言われた。驚いた私が「それは父ですが」と答えたのが、私たちの会話のはじまりで、司馬さんは「坂の上の雲」と本の題名を書いた色紙を送って下さった。

その後、司馬さんのお宅へ伺って、二人並んで写した写真が、不思議なことにこの三日ほど前に手許に出てきて、おやっと思い、いま改めて探すのだが、どうしてもわからない。まだ、お若い司馬さんともっと若い私とが、とても初対面とは思えない雰囲気で写っていた。その折、司馬さんは父に関する思い出を語られた。

父が戦車学校長訓示として学徒出陣の司馬さんたちに

「キミたちは学問で国家に尽くすべき身でありながら、この北辺の地まで来、大変ご苦労である。ついては人間は健康が一番大切であるから、朝起きてだるいようなときには、すぐ医者に診てもらいなさい」

といったそうである。これが戦局たけなわの昭和十九年のことである。また陸軍では、師団長など偉い人が転任する際に、奏上文というものを書くのだそうだが、父は「そんなものは誰か書いておけ」と一向に取り合わなくて、部下が困り、だんだん下へきて司馬さんが代筆し、それを誰かが清書したとのことであった。

司馬さんは、日本の軍隊、とくに昭和の軍隊を全く否定されたが、私の父については「街道を往く」と「風塵抄」とで二度書かれ、「祖国の弥栄を祈る」といって死んだ父への同情を示されたが、父の最期の北千島占守島の闘いでの連隊長決断については、最後まで自分ならどうしたであろうと考えつづけておられ、「きっと答えはないでしょう」といわれたのが最後になった。

「坂の上の雲」のほか「ひとびとの跫音」にもすっかり魅了されたが、私はかならずしも司馬作品の忠実な読者ではなかった。しかし、ときどき「風塵抄」などをまとめて買い込んで司馬さんに署名をお願いし、あまり度重なるとご迷惑でしょうからと、私がゴム印を作って押しましょうか、○×のご返事を下さいと手紙を出したら、ハガキに二行

「残念ながら×です

　蕪辞を省きます」

というだけの微笑ましいご返事を貰った。

司馬さんがこんなに急に逝ってしまわれるなどと全く考えていなかったので、その貴重な署名本もあちこちに配ってしまい、ほとんど残っていない。

私の妻が死んでからこの七年間、毎年八月にお花を送って下さった司馬さんは、昨年私が占守島へ慰霊に出掛けたときもお花を託され、帰ってからは文芸春秋に私の拙文を推薦して下さったが、私にはそのことを一言もおっしゃられなかった。

私は司馬さんの歴史観を「立体史観」、と自分だけで、そう思ってきたのである。最後の二月十二日の産経新聞の風塵抄―日本に明日をつくるために―など人間司馬遼太郎の冴えわたった気概が感じられ、いつになく電話をしようかと思う矢先に、颯と見えないところへ往ってしまわれた。

淡く交わること久し　～杉元正彦さんの死～

富士正晴という人は、ノーベル賞はおろか、およそ文学賞などには縁のない人であったが、自らの信ずるままに生き、自らの信ずるところを追求して作品を書いた。彼が中国大陸の従軍記録ともいうべき「駄馬横光号」などは、戦争の中の人間の姿を活写した稀有のものである。

彼は戦後民主主義のまさに俗中にあって気ままに生き、脱俗の人であった。彼の作風は、切羽詰まったものを余裕をもって描写する。彼の生き方そのままの温かみが伝わってくるものであるが、その富士正晴が最も苦手としたのが冠婚葬祭であった。彼は結婚式には殆ど出ない。自分の息子の結婚式にも出なかったとか、いや出るには出たが、そのうちに居なくなってしまったとかといった按配であった。葬式はもっと嫌いで、これは全く行かなかった。家で一人亡くなった人のことを考える中、いつしかとめどもなく酒杯を重ねたらしい。

私も葬式は好きではない。しかし富士正晴よりは残念なことにはるかに俗中にある私は、気の進まぬ足を引きずって、止むを得ず葬式に出かけることもある。

杉元正彦さんが亡くなって、私は葬式に行かなかった。しかし、これは重い気持ちを運ばなければならないはずであったのが、東海日日新聞の訃報の誤植でうっかりしたのである。よく読めば元豊橋市議会事務局長とあったのだから分かるはずなのに、不注意で仕方のないことになってしまった。

私は杉元さんに、ご馳走をしてもらう約束があった。その約束は、一度杉元さんは履行してミッキーへ出かけたのに、私が急に都合が悪くなって行かなかったので、義理堅い彼に責任があるわけではなく、ご馳走をしてもらう私の方に責任があった。それで近々一度山口徳サンとでも一緒にと、先日徳サンと話したような気もしていたのであった。

杉元さんを知ったのは河合市長の秘書だったからだと思う。ロクさんも大らかな人であったから、上京して一流？ホテルへ泊まっても、ステテコにスリッパで平気でホテルのロビーへ出てくる。これにはさすがの杉元秘書が大慌てしたなどということもあったらしい。とにかく、この市長と秘書はまたとないほのぼのコンビであった。

杉元さんは天性の人柄に加え河合市長の薫陶を受けて、人情と度胸を備えた、その人となりは豊橋市の吏員で出色の存在であった。

杉元さんが豊橋市議会事務局長の時であった。私の娘が小学校へ通っており、給食にリジン添加米を使用するという問題が起きた。折しもリジンには発ガン性が疑われており、私はこの給食を中止してもらうため急拠署名を集めて市議会に提出したのである。その時、杉元事務局長はニコニコして私を迎え、「センセイ、こりゃァ一番先にやるでノン」と言ってくれたものである。

私の請願は市議会で直ちに採択され、リジン給食は中止になった。このとき、妙なことに「バカなことは止めて下さい」と私に圧力をかけに、たぶん校長の指図を受けてきた日教組の先生が、「市民の力でやればできるということがよくわかりました」と手のひらをかえしたように挨拶にきたが、これは市民の力というより杉元さんの人徳による力だったと思う。

去る十一月の朋池会の講演会に杉元さんは欠席され、私の頭にチラッとかすめるものがあったのに、私がものぐさで、彼の笑顔に接する機会は遂に去ってしまった。

河合陸郎さんが亡くなられたとき、真剣に後のことを相談にこられ、私に委任されたのは杉元さんであった。

「淡く交わること久し。真の味方」

杉元さん　さようなら。

常識を捨てた社会党の闘士去る

社会党が連立政権を離脱して、村山委員長の顔に晴れやかさが戻ったように見えた。そんな折、かつての社会党左派の闘将・岡田哲児氏が亡くなった。

岡田さんが政界を引退して何年になるか、例によって考えることをしない私は数えてもみないが、彼の後に早川勝氏が消費税の風に乗って代議士になり、東三河の社会党の灯は守られているかのように見える。早川氏が右派なのか左派なのか、私は彼の見識に接したことがないのでわからない。

が、岡田氏が左派だといっても、彼がマルクス主義者だとか、いわゆる向坂イズムだとか言う訳ではなかった。社会党は左派の力を結集しては、既存の社会体制とたたかい、そのたたかいが既存の経済社会の壁に押し返される度に右傾するのだが、社会党が革新の看板を掲げる限り、右傾したのが、いつしか左寄りになり、やがて、そのまた、右派が誕生するといった歴史を繰り返してきた。

だから、社会党は巷間でいわれている程のイデオロギー政党ではない。岡田さんが酒を飲んで威勢のいいことを言っても、それは革命思想などではなかった。社会党は労働組合に支えられた政党であったから、常にそのときどきの労働者の生活の要求によって規定されたというべきか。

岡田さんは大の酒豪で、私は下戸であったから、個人的なつきあいはほとんどなかったが、東三河に一人くらい革新の県会議員をつくろうと言うことから、斉藤光雄氏を立てて落選した。そこで「革新」の面目にかけて、もう一度、斉藤氏を立てるべきだと私が提唱したことから、少なからず岡田氏に疎まれた。岡田哲ちゃんと斉藤光雄氏は同じ国労の仲間だから、当時、私にはこの間の事情はまるでわからなかった。

斉藤氏が県議に当選してから私と斉藤氏は疎遠になったが、そのころ偶然に、岡テッちゃんと駅で出会った。私をホームの向こう側から「坂上センセェー」と大きな声で呼びとめた哲ちゃんが手を振っていた。どうやら、これが仲直りの信号のように思えた。

彼が交通事故に遭った後一度見舞ったきり、岡田さんは不帰の客となった。

社会党は連立与党の閣僚などになったばかりに、建て前と本音の板挟みになって、うす汚れたハムレットを演じてきた。岡哲ちゃんは病床でどんな気持ちでおられたか。哲ちゃんが駅のホームで手を振ったとき、全く自分の利害にかかわりなく行動する人間のあることを彼も理解してくれたのだと思う。

大臣になると国費で秘書がつくのをはじめ、何かとこの世のご利益があるらしい。社会党は六人も大臣のいすにあるのだから、結局はついてくると小沢一郎氏が思うのは、彼らの常識である。だが、社会党は常識を捨てた。マスコミは拍手を送ったり同情してみせたりしたが、「非常識」をかかげる政党の前途は当然けわしい。そんなとき、かつて国労の闘士をもって任じた岡田さんは一人でこの世を去って逝った。

「革新」とは非常識である。国労も非常識と強引さゆえに革新であった。小沢一郎氏も強引さがなにか新しいことをやりそうに見えるのである。しかし、本当の非常識は自分の利益を顧みないことである。日本の社会から「自己犠牲」という非常識が失われるとともに、政治の非常識も存在し得なくなった。こうして、穏健な多党制という不透明な時代を迎える。

岡テッちゃんの胃の腑を流れた酒の香りも、大衆の胃袋の酒も、いま中産階級の胃袋の酒も、人間と悠久とのたたかいのひと雫にすぎないと、岡田さんはどこかで眺めていることだろう。

安らかに。

長屋重明先生　さようなら

長屋重明先生は率然としていかれた。八十三歳というご高齢であったから、天命を全うされたと言えなくはないかも知れないが、しかし、私にとっては全く思いがけなく、先生の訃報に接したのであった。

長屋先生からお手紙を頂戴したのは、ついこの間のことで半月にもならない。先生のきちょうめんなお人柄そのものの細かい文字で便箋はぎっしり埋まっていた。

思いなしか、やや判読のむつかしい部分もあったりして、私は少し心にかかるところがあったものの、いつもの迂闊さでそれ以上深く考えはしなかった。先生の趣旨は、先生がその昔、戦争さなかに軍医さんだったころの年下の知人に、はからずも私の父が騎兵学校の教官だったころ、薫陶を受けたと言う人があり、その人がわずか半年にすぎない父との出会いを今も大切に思って下さっているといって、その人からの手紙を添えて私に紹介の労をとられたのであった。

長屋先生と私がいつごろから、どのようにして知り合ったのか定かでないが、私が若いころ、結核で国立豊橋病院へ入退院をくり返していたとき、院長が彦坂先生で副院長が長屋先生であった関係でいつしか親しくしていただくようになったと思われる。が、長屋先生は外科の名医でその道に聞こえた方であり、彦坂先生に続いて国立病院長も務められた方である。

片や私は市井のしがない雑文書きにすぎない。だから長屋先生と私との接点などありはしないのだが、不思議と長屋先生は持ち前の親切心から何かと私を思い出しては下さった。それといううのも一つには長屋先生がお若いころ乗馬を楽しまれ、その馬仲間とも言うべき人に私の父の知友があって、その人を父の連隊の慰霊碑に案内して下さったりしては、私にもその人たちと父の若いころの話を聞かせて下さったりしたのだった。

長屋先生は外科医として患者に尽くすこと、常に献身をもってされ、その結果、長屋先生は手術が大好きだと言われたりする程であったが、それは先生がむつかしい手術を自ら手がけられ、文字通り手術に全身全霊を打ち込んで、いかに病人を救うことに専心されたかということに由来するのであった。

退官された後は、先生ご自身も大病をされたにもめげられず、絵筆を執って楽しまれたり、「八町文化」の発行に意をそそがれたりで幾分ご不自由な身をおして文人墨客の境地をほしいままにしておられた。

つい、この十月には先生からご依頼があって、私も「八町文化」に父にまつわる一文を載せていただいたばかりで、その折には私の知らぬ間に戦車連隊の慰霊碑の写真まで撮って下さり、その写真は碑の裏面の文字が読みとれるほどきれいにとれていて、私のつまらない文章を救って下さった。

いずれも長屋先生のやさしさと明治の先達らしい行き届いたお気遣いによるものであったのだが、それに対する私は、いずれそのうちお目にかかってという気安さがあって、一言のお礼すら申し上げた覚えもないと言う始末。先にご紹介の労をとられた人のことについてもごく簡単なはがきのお礼状を出したばかりであった。

思い返して見ると、このように折にふれて親切にして下さった長屋先生に、私は何一つしてさし上げることがなかったのである。ちょうど「八町文化」にご依頼があったとき、富士火力演習を見て帰りに戯れに買い求めた「戦車せんべい」を一つお届けしたのが今となってはせめてもの思い出になってしまったのだが、果たして先生がそんなものを召し上がりになったかどうか。

ご子息の長屋誠弁護士はご両親の心もちを継がれて弱者にやさしい弁護士として知られるが、シャイなご性格でたまさか出会ってもお父上のことには寡黙であった。

まるで何かのはずみのように長屋先生もあっさりとこの世をすててしまわれた。ただ、ご冥福をお祈りするばかりである。

長屋重明先生遺稿集「黄連雀」

長屋重明先生が亡くなられて、もう半年が過ぎようといる。身体がご不自由だった先生に付ききりでいらしたであろう奥さまは、お世話なされるお相手がいなくなって、さぞお寂しいことでしょう、と時折ひそかに案じていましたところ突然、靖子夫人から書籍小包をちょうだいし、丁寧な包装の中から、Ａ５判小変形百十八ページの瀟洒な一本「黄連雀」が現れた。

実は、先生には以前といっても、それは詳しく昭和六十三年七月二十四日と先生のお手紙の日付でわかるのだが、「木瓜の花」という随筆集を頂戴している。その本には、便箋三枚にわたる先生からのやさしい慰めの手紙が、今も挟んだままになっている。私は、ちょうど妻を亡くして一カ月あまりのときであり、先生は、その随筆集の中にご自身の体験に基づいた看護教育に関するお考えや医療の現状――「患者の泣き寝入り」――に対する反省を求めた所感が述べられてあり、日ごろあまり深いお付き合いもない私に対し、深い同情と励ましのお気持ちから、わざわざその本の目次には関係箇所に〇印までつけて下さってあったのである。

今度「黄連雀」を頂戴して私は「ハッ」とした。そして私の本棚からこの「木瓜の花」を探し出して、改めて先生のお手紙と〇印の箇所をまず読み返した。情けないことに、先生からこの本を頂戴したときのことが、本をちょうだいしたという記憶以外はまるで思い出せないのである。その時期に私の精神はまるでどうなっていたのか、私にもわからない。つくづく人間の、あさはかさを思うばかりで、せっかくの先生の温情に対して、いったい私はどのようなお礼を述べたのであろうか。わがことにのみ深くかかずらわることこそ、わが家の最も恥とするところではなかったのか。おわび申し上げるべき先生はすでにいない。

長屋先生の随筆は、すべてご自分の経験されたことがらに対する本質的な考察を根本としておられる。私などが批評がましいことを申し上げげのはおこがましいが、長屋先生の真摯なお人柄が天真爛漫の旺盛な好奇心を発揮され、深い人文のうちに、歴史と科学とがちりばめられつつ、それは友情あふれる交友の話であったりする。

長屋先生のご生前に、一度先生の個展会場でお目にかかり、お宝のような作品について、いちいち、ご謙遜のすぎるご説明をいただいた。

私は絵画について、何の素養もなく、ただ絵がきらいではないと言うにすぎないのだが、「黄連雀」にはありがたいことに、先生の作品がカラーで掲載されている。どの作品も、それぞれ先生の深い思いのこめられたものばかりであるが、私はその中で特に「辰野のトチの木の大木」というのに不思議な感動を覚えた。

長屋先生の作品から私が受けた第一感は、川上澄生を連想したことであった。と言って、もう何年も川上澄生の絵を見ていないので、私は書棚から川上澄生全集の一冊をとり出して見た。その巻末に福永武彦の一文があり、「詩人が本質的に無償の行為として詩を書くように、この人は日曜画家の本領を守った」とある。長屋先生も正しく日曜画家の本領そのものであり、その画境は穏やかに澄みきっており、しかも驚くべき情熱を秘めて最後の作品「ピラカンサスの赤い実を狙うツグミと黄連雀の争い」を描かれた。

かつて外科医であった先生が、情熱をこめて芸術的な手術を行われたことは、それが先生にとって、ごく自然な人生の通過点であったといまさらながら感じられるのである。

後に残られた奥さまが先生の絵や本にかこまれてお元気に過ごされるよう、きっと先生は無邪気に見守っておられることと思われる。

長屋先生に対するおわびと靖子夫人へのお礼を込めて。

白井健二氏を悼む　―青波をたたえた沈思の人―

今朝、事務所へ出勤すると、玄関で近所の鈴木啓弌先生が待っていた。鈴木さんはよく働く人だが朝寝坊で、いつもは私が出勤するころは寝ている人だから、早朝その鈴木さんの緊張した顔に私は何か常でないものを感じた。

「昨夜、白井先生がなくなりました」

という言葉が彼の口をついて出たとき、私は「エッ」と耳を疑った。白井さんとはつい十日程前に電話で話したばかりだったからである。

白井さんは旧制豊橋中学で私より一年先輩のはずであったが、真面目でおとなしい人だったから在学中は全く知らなかった。だから若いとき結核を患ったことが私たち二人の共通点だったが、私は幸運にも手術を免れたのに、白井さんは胸部整形手術をして大府の療養所に何年か病を養った。そんな関係で同じ結核仲間のデモ税理士ながら私の方が税理士試験が早かったので、元来先輩の白井さんが、いつも私を先輩として遇している節があった。彼は謙虚な人柄であった。

先月十七日に私の本がダイヤモンド社から刊行された折、コンピュータに造詣の深い白井先生にも送らせてもらった。彼からの電話はその礼であったが、彼との間にはいつもそれぞれ話がたまっていて、つい電話が長くなるのだが、その折、彼はいつになく彼の方からいろいろと話した。「つい先ごろ、頭がおかしくなって、市民病院へ二週間ほど入院したが、いつ入院したのか知らなかった。何でも暴れて困ったそうですよ」と彼はほほ笑んでいるのがわかるような雰囲気で諧諧調に言って笑った。

白井健二氏は税理士として業界の役職についたり、声高の発言をしたりはしなかったが、実に立派な見識をもっておられた。国民の義務としての税とは何であるかを真面目に見据えて、正しい納税のあり方、合理的な計算の方法、税理士として納税者への接する態度等、静かな人格の中に堅忍不抜の思想を蔵して、ときに秘めた正義感のほとばしることさえあった。

彼が病弱であったのはやむをえない。そのため彼は肩の凝る仕事から解放されたいという願いもあって、早くからコンピュータソフトの研究に取り組んでいた。生来の合理的思考と誠実な人柄でコツコツと自らプログラムを組んで楽しんでいる風情であった。

コンピュータ化に踏み切ったのは私の方が少し早かったので、彼からはときどき考え方についての意見を求められたり、また、開陳される彼の意見の聞き役に回ったりした。二人の間に共通点はたくさんあり、彼のプログラムにも私の考えと似たものが取り入れられたりしたが、彼にはおのずから彼本来の思考形態というものがあって、自分の守備範囲を心得ているといったおもむきで過ごしていた。

白井さんは、志賀直哉の読者であった。小林秀雄も彼の愛読書であった。私は若いころは評論とか批評文を好まず、専ら詩や小説（主に戦後派作家）にマルクスが加わっていて、白井さんとの議論はお互いに認め合いながらも何となくすれ違ったりもした。私が年齢が高くなって、小林秀雄を読み、白洲正子まで読むようになって、二人の読書範囲は接近した。このごろでは専ら講談社文芸文庫が二人の共通の書庫であった。

彼の文章は一流であった。が、彼はいくら私がすすめても書かなかった。一度だけ豊橋の税理士会報に寄稿したが、これは彼の硬質の文学観に裏打ちされて、周到に思いをめぐらした「作品」ともいうべき出来栄えであった。内容をすっかり忘れても、そのとき受けた印象だけははっきり残っている。

惜しいかな彼の宿痾はいつの間にか心臓をもとり巻いていたのだった。

堅実で衒いのない、市民としての良識と人間としての判断力をそなえ、なおおのずからを塵埃《じんあい》に沈めて生きる立派な友人を喪って哀悼の言葉を知らない。

私の追悼文の愛読者をもって任じていた白井健ちゃんにこの一文をもってお別れします。ご家族のことはあなたの遺徳にまかせられ安神してお眠り下さい。

延海先生逝く

プロテスタントのキリスト教で、往って生きるという考え方があるかどうか知らないが、十一月二十八日午後四時三十分、早川延海先生は、八十九歳の天寿をもって館を捐て文女夫人のもとへと往かれた。

早川先生といつごろ知り合いになったか今は定かではないが、一人息子の奎さんが法務省へ入る前で、まだ大学生であったころかと思う。延海先生のお宅は文女夫人とお二人で、文女夫人が英語の塾らしきことをしておられた。文字通りの陋屋で小庭に草木の生い茂った早川塾には何のきまりもなく、月謝すら生徒が思うだけを置いていくままで、延海先生もときどきは手伝って子供たち相手に「センターは中じゃないか」などと、言ったりしていた。早川先生は、戦前は朝日新聞の記者であったが戦争中の新聞報道にイヤ気がさして断然職を辞し、以来、戦中戦後をずっと浪人の身で通された。人は三年浪人できれば豪傑だというが、延海先生は終生浪人で平然としておられた。

早川先生は何の先生ですかと、聞く人がいて「さあ何の先生でしょうかねえ」と答えるしかなかったが、私たちが自然に先生とお呼びすることが似合っていた。月並みな言い方になってしまうが早川先生が無位無冠、名利に疎く、気の合う人たちにとりまかれ、酒を愛して、ただ一つのわが人生をのみ歩み通されたのは、ほかならぬ文女夫人の極意を絶した内助があったからである。

「先生、今度生まれてきたときは、どうしますか」

「もちろん、うちの家内と一緒になるさ」

と、何の衒いもなく言うと、その語尾に続けるように
「僕はね、一穴主義だからね、溲瓶も使わんよ」

満面の笑みに、甲羅を経た含羞を浮かべられた。

進歩的文化人などという言葉は延海先生は大嫌いであったが、ご自身はその範疇に入れられて、社会党や、ときには共産党の応援にまでかりだされていたが、マルクス主義とか、何々主義とかいうこととはまず無縁で、リベラルなクリスチャンとしてのヒューマニズムと、何事にも論理的に筋を通される方であった。延海先生とは碁も随分打ったが、囲碁は全くの我流、天衣無縫で、そのうえ強くなろうなどという気は微塵もなく、愛知大学の桑島先生などと大きな石を取ったり、取られたりして喜んでおられた。しかし、不思議な風格の碁で、かなり強い人とも、あまり強くない人ともみな互先で盤面の碁形は何となくでき上がるのだった。河合陸郎氏に手合いを聞かれたとき、うっかり延海先生が先《せん》だと言ったばかりに、「なあんだ、キミたちの碁も大したことはないなあ」と言われた。

毎晩のように早川先生のお宅へ出かけたのは、やはり「石風草紙」の十五年間であった。先生、奥様、えのき・たかし（冬日書房主）、私の四人で、延海先生と、えのき・たかしは酒を飲む。私は酒量が少ないのと、病気上がりでもあって酒を飲まずに、文女夫人とお茶を飲みながら、いつもみな言いたいことの言いっぱなし。明くる日になれば、何をいったのかまるで覚えていないといったありさまであった。早川邸のお酒は全部到来品である。残りが少なくなると、先生は心

細いことを言われるので、だれかが必ず持参した。そのころ、よく早川先生ご夫妻と旅行をしたが、人が名利を捨てるということが、いかに立派なことであるか、旅先でホテルに着くと、必ず支配人が恭しくあいさつにくる。軽井沢へ出かけたときなど、どこかの別荘の管理人が延海先生夫妻に丁重に頭を下げ「先生いつからご滞在ですか」と声をかけられ、いったいだれと間違えられたのか、と顔を見合わせたものであった。

「石風草紙」に書かれるものも書き流し、自ら文化は排泄だと言って、一度書いたものを読み返すとか、ましてや後で一本に上梓するなどということは全く考えられなかった。しかし、さすがに新聞人であって文章にはやかましく、言葉づかいや文法上の誤りを、せっせと訂正され、私たちは、いわば他人の文章の誤りをサカナにして飲んだり食べたりして、時を忘れた。文女夫人の父君が俳人であった関係からか、三河アララギの編集や校正が持ち込まれたので、これも随分私たちの小さな楽しみの目標の役をになったが、もちろんアララギの人たちには全くきこえないことであった。

「石風草紙」は、わが三河地方の人格識見ともに優れた先達たちの、日常の場を通した考え方や感覚を残そうというわけで発行したものであったが「朝日新聞」や、「思想の科学」などで取り上げられたりしたものの、どうやら私たちの心の暇つぶしであったようだ。その石風の同人も佐藤一平先生、滝崎安之助先生、仁川杜芳（早川夫人）さんはすでに亡く、今また延海先生も往ってしまわれた。

最晩年の先生には、私が妻を亡くしたこともあって、すぐ近くに住んでいながら、ほとんど何もしてあげられなかった。私自身の無情と、だれもいなくなってしまったこの世の非情とが寂しいひとすじの泪になった。延海先生さようなら。

仁川杜芳さんとの別れ

仁川杜芳さんの名は、あまり知られていないかも知れない。が、「石風草紙」で一番評判の高かったのは仁川杜芳さんである。評判がよいといってもいわゆる俗評ではない。「石風草紙」にさりげなく載った二川杜芳の作品は、鶴見俊輔氏の「思想の科学」に転載され朝日の学芸欄に登場し、萩原井泉水氏の俳誌に請われたりした。仁川杜芳さんの仁川という名は私が勝手にきめたものである。「石風草紙」をはじめるときに、早川延海氏は勿論お誘いしたけれど私はどうしても奥さんの早川文女さんを仲間にしたいと思ったのである。当然文女夫人は二つ返事ではなかった。『早川が二人もいては面白くないでしょうし』というのは表立たれることを厭われてのことであったが、私は早川先生のお宅では全く気ままにする習慣ができ上がっていたので「それじゃあ旧姓の市川はどうですか」と言ったところ、夫人は、小首をかしげて「何だか里へ帰されたみたいね」と言われるので「それじゃ一の次ぎの二で仁川はどうです」そこへ縁側の壁にかかっていた延海先生筆になる華道の看板?（何というものか私は知らない）の杜芳をとって、仁川杜芳が誕生したのである。その間、早川先生は「杜芳もない奴か」と一言いわれただけで意見は何も言われなかった。だから後の閨秀作家の出現は、私の手柄とばかりは言えない。流石に夫である延海先生にはちゃんとわかっていたのである。

早川延海先生のお宅は、貧乏で左翼がかった、大方は失意の人物たちが何となく集ってき、酒を飲むところであった。とは言っても早川先生は、酒を振る舞うような金儲けは全くしない人である。早川延海氏はもともと朝日新聞の記者であったのが戦争中の新聞報道に厭気がさして辞め、爾来おおむねは文女夫人が何とかきりもりしてきたのである。文女夫人は、請われるままに知人の子弟に英語を教えて餬口の足しにしておられたのだが、その英語熟たるや、月謝がきまっていない。つまり生徒が思っただけ置いて行くという具合で、その流儀で私の娘も教えていただいた。だからわが家にとって文女夫人は文字通り文女先生である。しかし、文女先生のもっておられるもの、教えられるものは、何も英語に限らない。表現が非常にむずかしく、ほとんど言い表すことが困難なあるところで何ごとにおいても、文女先生は「先生」であることが極めて至当な実質をたたえておられた。しかも「早川のあばあちゃん」と呼ぶことがまたぴったりなのであった。

酒の上でのことではあったがよく早川先生に、「先生がどのくらい偉い人か知りませんが奥さんはもっと偉い人だということだけは間違いないですね」と言うと、先生は胸を張って、「キミ、ボクはその亭主だよ」と言ってうれしそうに杯をはこばれるのであった。早川延海先生にとってかけがえのない人であることは勿論、そこに集う私たちに、冬は静かな日だまりであり夏はさわやかな風を送り、ときにはさりげなく季変わりのような風刺も見せ、まさに「俳諧はなくてもありぬべし」の境地そのものであった早川文女夫人。

その仁川杜芳さんは、思いもかけぬ病で亡くなってしまわれた。昨年の暮れごろ、一度入院され、一時は元気をとり戻されたかのごとく私たちには見えた。しかし、今思えばそのとき既に文女夫人の命は旦夕に迫っていたのであったが、早川延海先生が実にご立派な態度であって、私は全く気付くことができなかった。この四月に入院された折も、もともと多病であった私自身が他人に寝間着姿をみせたくないという気持ちがあり、そのためあまりに親しい人を病室に見舞う気になれず、文女夫人の病床を訪れることもしなかったのである。

しかし、私はふと気が変わって、五月四日の午後、仁川杜芳さんの病床を訪れた。

先のときと同じように早川延海先生がわきに腰掛けて付き添っておられた。「先生、有難味がよくおわかりになったでしょう」などという笑談も、今度はとても言えなかった。文女夫人は、静かに顔を向けられ、「もう、ぼろぼろになってしまいました。だんだん力が抜けてゆくんです」とだけ言われた。

それから幾時間もたたぬうちに文女夫人は深い眠りに就かれ天に還って行かれたのであった。

早川文女夫人の葬儀は、日本キリスト教団豊橋中央教会で行われた。自然や草花と融け合った文女夫人は東洋的な女性美の中に一輪白い西洋の理知の花を咲かせたような人であった。文女夫人がキリスト教徒であったことは、文女夫人がただ人間であったことと等しかった。そこに彼女の信仰に対しても、文学に対しても、いや人生のすべてに対しての稟質を見る。

文女先生やすらかに。

わが師　佐藤一平先生

一月十四日の昼ちょっとすぎた時刻に、私がちょうど外出先から事務所へもどったところへ一平先生がタクシーでいらっしゃいました。私の事務所では、たまたま鏡モチをこわして、しる粉を煮ているところでしたので、先生を応接間にお通ししてさっそく二人でできたてのしる粉を食べました。応接間の中央には、佐藤先生からいただいた「万里無雲万里天」という色紙がかけてあります。三、四年先《せん》のことだったと思いますが、先生が「木鶏」と書かれた色紙を下さると言われたとき、それはありますよ、と言いましたら、二、三日して届けて下さったのが、この「万里無雲万里天」という大判の色紙でした。先生は私に何か下さるときとか、銀行の保証人になっていただくとかこちらからお願いごとのときは必ず先生の方からおいでになられるのでした。

佐藤先生は、おいしそうに、かるめでしたがおモチの入ったどんぶりいっぱいのしる粉をたいらげられ、

「この小豆は北海道かね」

と尋ねられ、

「いや、大正軒ですよ」（笑い）

「大正軒は、いまどこにあるのかね」

「昔のところにありますよ」

などの会話の後、「石風草紙」の自伝のことや労働学校のことなどを話され、またタクシーで

帰られました。

佐藤先生が帰られた後で、さて、先生はいったいきょうはなんの用事でこられたのかな、という思いが、ふと私の頭をかすめました。それに、いつもはきまって、「もう僕は長くないから」とか、「これで会えないかもしれないから」などと返事に困ることを言われるのに、この日は、「忙しいだろうが遊びにきてください」とにこにこ笑顔でお帰りになったのです。

それから四日のちの、十八日に佐藤先生は亡くなられました。私があいにく、富士宮へ出かけていて、五時すぎ帰着して先生の訃を知り、急ぎ先生のもとへ駆けつけたときは、先生は冷たく白木の中に横たわられていましたが、たとえようのない美しいお顔で待っておられました。


佐藤先生は、ちっとも怒らない人でした。ですから、佐藤先生の周りには、かなりデタラメな人物も集まってきて、当人たちは普通のつもりでも、ハタ目にはずいぶん勝手なことをしていたようです。が、皆一平先生の前だけは神妙にしていましたから、先生は、いつもにこにこしていました。一平先生はどちらかというと優等生よりは落ちこぼれが好きだったようです。佐藤先生からお金を借りた人はたくさんいますが、返した人のことを聞いたことはありません。

先生があまり怒らないし、しからないので、私があきれて、

「先生は、深い愛情からしからないのですか、それともどうでもよいと思ってしからないんですか」

と、ききましたら、

「キミは困ることを聞くねえ」

と、いって、にっこりされました。

それでも佐藤先生にしかられた者もあります。福井和光君がある事件の控訴手続きを忘れたとき、先生は依頼人のところへ謝罪にいかれ、あとで福井君をしかりました。それから後に中島君という少し風変わりな人物がいましたが、彼はしょっちゅう先生にしかられたと言っています。しかし、これは事務長格の伊藤君がズサンで自分の友人を先生に無断で採用したので、さすがの先生も中島君の存在を認める気持ちになれなかったのですが、伊藤君にはそのことが通じず、その結果、中島君はしかられてばかりいたのです。

佐藤先生の事務所は、勤務時間があるのかないのか各人任せのふうで、仕事をして月給をもらっているというわけでもないようで、先生が事務所におられるときはお客も一緒に一日中、談笑していたりしました。

先生は碁もよく打たれました。私も先生と一日に十三番続けて碁を打ったことがあります。先生の碁は布石は定石に明るい外連のない碁ですが、中盤すぎからは碁盤全体をねらってくることもあり、敗勢の碁もなかなかあきらめられず、ねばって相手の失着を誘ってくるところもあり、「キミ、碁はずるくないと勝てんよ」といって石を取ると実に楽しそうでした。

それで先生は、夕方から夜にかけて一人で真剣に仕事をされました。依頼人に資力がなく無報酬になることがわかっている事件でも実に丹念に記録を調べておられ、その記録を自分で麻ひもをノリで固めてきれいにとじ込んでおられました。国選で引き受けた窃盗犯が保釈になったとき、まじめに諄々と説教され、小遣いを渡しておられたこともあり、まさに貧乏弁護士の面目躍如たるものでした。

佐藤先生は京都の河上肇先生に心酔されてマルクス主義の勉強をされましたので、社会主義はもとより、河上先生の無我愛のように、自分は貧乏にならなくてはいけないと思われて先祖の財産を売り尽し貧乏になる努力をされたふしがあります。ご自身はあたかも爛熟した江戸時代の文化と大正デモクラシーのヒューマニズムを身につけられ、生涯瀟洒な浪費家でもありました。一平先生の事務所へ遊びに出かけると、おいしい抹茶をごちそうになり、「おいしいですね」といったら、「いま、京都へ買いにいってきたんだよ」と、まるで隣へ買い物にいってきたように言われました。

河合陸郎さんと佐藤先生とは政治的立場は異なりましたが仲がよく、お二人とも相手の心をすぐ見抜かれること、それでいてご自身の考えはちっとも気取られぬとこなどよく似ていました。それでも河合さんは一種の政治的発言で、よく正反対の表現をされるので私にも判ることがありましたが、佐藤先生のは法則が複雑で、表裏左右どちらでも結局は同じなのかもしれぬと思われるようなところがありました。あるとき私が先生に「ロクさん（河合陸郎さん）のことをタヌキというけれど、先生もちょっともわからんから、どちらがタヌキかわかりませんねえ」と言ったら、そのときはただにやにやしておられましたが、しばらくして市長室で河合さんに会ったとき

「ほい、こないだ一平さんがタヌキの焼き物を二つもってきて、大きい方をワシにくれて、小さい方は持って帰っていったよ」

と言われたので、思わずふき出したことがありました。いまごろは両先生なごやかに旧交を温めておられることでしょう。

佐藤先生は、深いやさしさと温かさの中にユーモアと風刺とを織りまぜて、人知れず細やかなサービス精神を秘め、いつも私たちを励まし、慰めて下さいました。それだけに、身体がご不自由になられてからのお気持ちを察すると自ら旅立たれた先生が痛ましい限りです。今日は、忘れることのできない限りない恩沢を受けた者の一人として、先生のほほえましい思い出の一端をしるしました。

お別れ　滝崎先生

滝崎安之助先生、今年も先生の好きなドイツへ出かけられ、ゆっくり夏を過されて元気にお帰りになるものとばかり思って居りました。こんなに突然に、先生とお別れしようなどとは夢にも思いませんでしたので、もうそろそろ帰られる頃と思っていましたとき、悲しい知らせに、ただただ驚くばかりでございました。

先生からは、八月十一日付で「石風草紙」の最後となった原稿、「オーバーアンマーガウの『キリスト受難劇』」をお送りいただき、同じ日に奥さまからお元気で御静養との葉書を頂戴いたしました。その奥さまのお葉書に、先生は、ミュンヘンで私に賜り物をお送り下さり、お手紙も添えられてあるよしでございましたが、今日、無事船旅を終えて先生のメッセージを携えた素適なバッグが到着いたしました。はからざるもの先生の形見となってしまいました。

佐藤一平先生のご紹介で滝崎先生にはじめてお目にかかったときからもう二十年くらいすぎました。あの当時先生は五十前、私も三十になっていなかったと思います。それ以来、先生には、長い月日に亘り、この未熟な私に対しいつも温く、やさしいお心でお教えをいただきました。とくに先生が、「石風草紙」に御参加下さいましてからは、毎号かかさず推敲を重ねられ精緻を極めた貴重な文章をお寄せ下さいました。それは、実に、論文随筆を合せ百二十四編、五百頁にも及ぶものでした。しかも先生には、「石風草紙」の商業主義を排する風に御賛同になり毎年少からぬ会費をお支払い下さいました。私は、毎月の先生の原稿の校正を通じ、どれ程深く先生の教えに接することができましたか、はかり知れません。しかし残念なことに魯鈍の私には、どれだけ多くを学ぶことができたでしょうか。その上ふり返って見ますと、この先生の学恩に対し改めて先生にお礼を申し上げたことすらなかったのでございます。

滝崎先生、本当に有難うございました。それに、いつも勝手なことを申し上げ何かとさぞ御心配をおかけしたことと思います。これから私も漸く五十歳をすぎ、先生ともう少しゆっくりお話できる日が多くなるだろうことを心秘かに楽しみにして居りました。たしか、昨年の秋でしたか、先生の宿舎である蒲郡ホテルで、夕刻から夜半までお話したことがありました。そのとき、先生は、私というただ一人の聴講生のために、情熱をこめて日本の現状を愁い、物欲主義を排し、文化の後進性を嘆き、若者たちの軽薄さを悲しみ、お話は尽きるところがありませんでした。

しかし、もう先生のやさしくきらきらした瞳に接することもできなければ、静かな情熱をたたえたお声をきくこともできなくなってしまいました。また、先生ご夫妻の仲睦じさはその夜も私と話される間に幾度か東京の奥さまに電話をかけられるほほえましさでした。奥さまのお悲しみを思うと胸が痛むばかりでございます。

先生の学問的業績について語るのは私の任ではございません。しかし、先生はその芸術理論において私たちの心に失われた「情感の次元」を呼びおこそうとされ、それはただ理論としてだけでなく実践でなければならないと考えられました。それ故にこそ、私達石風の仲間として、先生はこの日本の社会状況をきびしく批判され心痛と憤慨との連続でございました。それでも、先生はいつも微笑んでおられ、兄弟・同志、の親しさと信頼とをいただき、私は先生の怒った顔を見たことがありませんでした。私の娘少菜子は、ついに先生の謦咳に接することができないままお別れすることになり、ひとり悲しんでいます。しかし、先生から頂戴いたしました幾冊かの著作や「石風草紙」によって、いつでも天上の先生とお話することはできます。

とは申せ、故郷を深く愛された滝崎先生に、東海日々新聞の宮脇社長からの御講演依頼も、先生にお伝えする間もないままに先生は逝ってしまわれ、何もかも心残りのことばかりでございます。

よる、電話のベルが鳴るたびに、ひょっとして先生の電話ではないかと思うことが幾度かありましたが、やはり先生は、本当に天然に還ってしまわれたと思はざるを得ぬこととなりました。

先生、お別れです。どうか静かにお眠り下さい。

滝崎先生、さようなら。

（弔辞）

緑樹清風　　　　　　　　　　滝崎安之助

風邪。咳激甚。痰からみ、呼吸苦しく
数日にして忽ち体力憔悴。但し、無熱

わが命絶えなむかこよひ青嵐

症状一段落。「検査」入院

髪も髯もおどろに伸びて梅雨に入る

夕刻、妻、病室に見舞い、瓶にバラを挿
して帰る。翌朝

朝のバラ妻の会釈のごとゑまふ
堪へよ堪へよ梅雨も絶え間は無からずや

左肺機能不全

薫風も胸の片方は吹き入らず
励むこころやや湧きいでぬ五月晴

大いなる異常なく、退院

緑樹清風よしさらば命あるかげり

老狙撃兵の死

七月二十四日早朝、えのき・たかしは率然として逝った。彼が、自ら老狙撃兵を名乗ってねらいつづけた独占資本的高度成長の使者によって、彼は深い眠りの渕に斃れたのである。

老狙撃兵

どう数えてみても何年も持つまい
今に
なって命が惜しくなった。
もう少し先にのびたらと思うが
多分
のばしようがないだろう

いらない
いらない
何のためにと言いつづけた
命だが

重い腰をあげて
靴底のひんまがるほど
命を買い歩いた

命を粗末にする奴等は後を絶たぬが
命を売る奴はいないものだ

眼鏡からはみ出した
鮮やかなジェット機の色彩

日本列島は
ふんずけられたまま。

ほんとうに喰える満腹した顔がいても
ほんとうに空腹の奴がいても
不思議ではない
空腹で車で走っている奴

満腹で歩いている奴
犬の鼻先で
蛍がひかった
ひかりにおそれて
犬は一斉に吠えた

その日俺は
川向うから
むんづと
のびた
手によって

その日
俺は
とんころと
死んだ

地図の上を硝煙がながながとなめて

黒く風化した
そこを
俺は
豆粒のように転がった

えのき・たかしは、この最後の詩作に当たってついに一語も発しなかった。彼の詩精神は、みごとに燃焼しつくして、無言のうちに自分の運命を完結せしめた。

えのき・たかしをはじめて知ったのがいつごろであったか、はっきり覚えていない。彼が私より十一年の年長の友であることも、彼の死によって数えてみてわかった。私たちには年齢のかき根がなかったし、彼だってまだ年を数えるほど老いてはいなかった。だが、はじめて私たちが知り合ったとき、えのき・たかしは、すでに花園町のせまい古本店の奥で、めがねをひらかせてすわっていた。古本を商うことと、彼の運命とがなんのかかわりもないことを立証するかのような存在の仕方でだれも客のいない薄暗い店の奥に、彼はいつも、じっと坐っていた。

そんなある時期、といってもずいぶん以前のことだし、ほんのわずかの期間であったが、彼と私はつれだってよく飲みに出かけたものであった。だが、いつも同じような店を飲み歩いたこと以外は、不思議なことに何も覚えてはいない。酒豪の彼と、酒を飲まない私は、ただ過ぎていく時間をすりつぶすように、冗談をとばし合っていただけであった。弾丸の破片のはいったままの大きなからだを小さなイスにのせ、蓬髪には白毛も混じって、輝ける全逓労働組合青年部長の面影はなく、かよ夫人とのほほえましい恋愛のなごりもなかった。

たまたま、えのき・たかしが同人に加わっている詩誌「コスモス」が話題になったりしたが、私は彼らの詩をほめるわけでもなく、むしろ戯評ばかり繰り返していたのだが、彼はほとんど抗議らしいことをしたことがなかった。それでも私たちは、ものかき同士として交わっていたのかしれないが、当時の彼は寡作であったし、私はなおのことであったから、お互いの作品評などはめったに口にのぼらなかった。ただ一度彼が私の一編の小説?を読んで、にやにや笑いながら「こりゃあ、だれにもわからんぞん」といったことがあり、私も「あはは……」と笑ってこたえたことがあった。

えのき・たかしが最も深く酒の交わりを結んだのは早川延海氏であったと思う。晩年の彼は、ほとんど日を決めるようにして、早川延海氏のお宅で飲んでいた。早川先生は彼の詩に対してはまったく無理解であったから、えのき・たかしはいつもからかわれてばかりいたが、彼は木曽節をうたったりして楽しそうであった。酒と選挙が、あるいは彼の人生の慰めであったのか穂積七郎氏の選挙や、斉藤光雄氏の選挙で、彼はまめまめしく働いた。日ごろおとなしい彼が、宣伝カーに乗るのを楽しみにしていた。

えのき・たかしは、気持ちがやさしかったのである。だから、日常正面切って不平や不満を訴えるようなことはしなかったが、一見はなやかな経済成長のかげで、追われていく庶民の不遇を、自らの不遇な詩精神でじっと見続け、〈つっかけゲタ〉のかかとをこすりつけるようにして一人で道ばたを歩きつづけた。

「石風草紙」が発刊されてから彼はそこに毎号作品を発表した。彼の作中には、きわめてしばしば「褌」や「糞」や「きんたま」が登場して、私たちの苦笑をさそったが、彼の詩は乾燥した笑いをふくみつつ意外に足早にさっと通りすぎていく感があった。

青くかわいた
なつのひかりに
背をむけて
歩いて行ったのである
乱れ咲く花々を
ふりむきもしなかった

まさか

補遺

マサコ　ヲ讃エル

マサコ　病ニ　タオレル
入院ノ朝　浴槽ヲ洗イ　踏ミ板ヲ干シ
自分ノ布団ヲ　押入レノ　高クニ納メル

イヨイヨ　病院ノ　ベッド　ニ
横タワリテ　ニッコリス

大キク膨レタ軀ヲ厭ワズ　疑ワズ
自カラノ体ヲ　アクマデ信ジテ
三十有余年
遂ニ　初メテ臥ス

カミノイタズラカ　アクマノタワムレカ
マサコノ病ヲ得ル　夫モ子モタダ茫タリ

イキイキトゴチソウヲツクリ

重イタンスデモ　ナンデモ
ナントカシテ　ヒトリデ運ビ
言葉ナシ

自カラニ　常ニ過酷ヲ求メテ
愉シムヲ求メルニ　似タリ

浪費ヲ忘レ　金銭ハ僅カニ貯エ
自カラニ用イルコトナシ

姿ハ白ク　声清朗
童児ノ邪鬼ナキニ　似テ
社交ヲ知ラズ

自カラヲ棄テル道ヲエテ
他ニ欲スルモノナク
コノ天心ニ与エラレタル
篤キ病ノ　ベッドニ

微笑アリテ　儚シ

病気ハ闘イナリト言ウニ
負ケルコト好キ　ト
コエスミ
小首ノヤヤカシゲテ
朗タリ
アワキマナザシノ同意ヲウナガスゴトシ

病気ハ闘イナリ
コレノミハ　負ケルコトアタワズ

病ハタタカイナリ
負ケルコト　アタワズ

シカレドモ　勝負ハ運ナリ

マサコハ闘イ　闘ウ

キリキリト闘ウ姿ヲ信ジ
タタカイ　タタカイ
タタカイテ　ヨミガエル
マサコ　ヲ信ジテ
讃エル

ごろしきりです」

涙

「頌春　昭和六十三年　元旦　お父さんの御処置は、軍人として当然だったと思うこと、ちかごろしきりです」

司馬遼太郎氏からの年賀状である。司馬さんは軍人が国を滅ぼしたといって、とくに昭和の軍人が大嫌いな人であるから、司馬さんが軍人の行為を肯定した話はめったにきかない。

昭和二十年八月十八日未明、千島列島の北端占守島に、突如ソ連軍が敵前上陸をしてきた。迎え撃つわが軍は、すでに終戦の詔勅をいただき、武器弾薬を処分すべく下ろしていた戦車連隊は再び弾薬を積み揚げると、やがて師団命令でソ連軍に突入、熾烈な闘いをくりひろげた。

ソ連軍は水際まで追いつめられ、対ソ連戦ただ一つの勝利といわれたこの戦いにより、ソ連の急速な南下を抑え、その結果、北海道がわが国の領土として残ったとも言われている。レニングラードに半旗をかかげさせたというこの戦いで、戦車から身を乗り出して指揮をとり、壮烈な戦死をとげた「火だるま戦車連隊長」こそ私の父である。

軍人の息子である私が、父からしつけられたことの一つに、自分のことで涙を流すなということがある。もちろん、父の涙など見たことは一度もない。「今度は生きて帰ることはできない」といって占守島へ立ったときも、私たち母子に見送られて一人大マタに歩き去って、一度も後ろを振り返らなかった。

父の搭乗した戦車は、友軍の戦車にとりまかれて守られるような形でかく座炎上していたという。「祖国の弥栄を祈る」と打電して死んだ父、骨一片還らなかった父の死を知ったとき、小学校六年生であった私は、じっといつまでも遠くの空を見つめていた。

昨年の秋、妻が不治の病にたおれてから、私はどれほどの涙を流したであろうか。医師から妻の病が遠からず死に至ることを宣告されて、驚いた私がとるものもとりあえず東京の伊豫田敏雄氏へ電話したときも、一言二言話すうち、私は涙のあふれてくるのを、どうすることもできなかった。瀧島義光氏ご夫妻も、幾度涙の電話をかけたことか。

「涙ほど尊きはなしとかやされど欠伸《あくび》したるとき出ずるものなり」という。こんなに私ごとで涙を流していいものか。私自身が喀血して、たおれたときなど、ちっとも慌てず騒がずで一番落ち着いていたのも私自身であったし、病気になったことも、病気で死ぬことも何も胸に迫ってくるものはなく、私は遠い空のはての父の死で、人生を達観したものと思っていたのである。

病気になった妻は、泣かなかった。むしろ朗らかでさえあった。赤坂見附の前田外科に入院中などは、ときどき遊びにこられた院長夫人から、「まあ、このお部屋はなんて楽しそうだこと」と感心されたものである。そこには不思議に、ガンと闘うなどといった雰囲気はまるでなかった。それは妻の朗らかな性格からであったのか、あるいは私たち父子のために、妻の演じていたことではなかったか、と今になって思われるのである。

そのころ妻が娘に映画「ジェニーの肖像」のビデオが欲しいと頼んだ。娘が友人にコピーをとってもらい「お母さんできたよ、さあ見ましょう」と言うと、「いいえ、それはお父さんと一緒に見るの」といったという。そこで私が「お母さん一緒に見よう」というと、今度は「ううん、それはね、もっと元気になってから見るの」と言って、あれほど欲しがっていたものをいざ手にして、全く振り向こうとしなかった。

豊橋の市民病院に再入院してからの妻は、だんだんものが通らなくなり、梅沢節男氏から贈られた京都のお水がただ一つの生きがいとなった。「このおいしいお水が一口飲めたらね」とだき起こされて首を回すようにカラカラとうがいをし「もう一回いいかしら」といって、ニッコリしたものである。

妻の葬儀の終わった夜、遺影になった妻と娘と三人で「ジェニーの肖像」を見た。一人の画家がめぐり合った不思議な少女ジェニーの歌。

私はどこからきたのでしょう
それは誰にもわからない
わたしはどこまで行くのでしょう
きっとみんなも行くところ
風は吹き　海は流れる
そこは誰も知らないところ
私はどこまで行くのでしょう
答えは誰もわからない

少女の両親はサーカスの芸人。ある日綱がきれて死ぬ。ジェニーは嘆き悲しむが、「でも両親は一緒に死ねて幸せ」とつぶやく。三十年も前に見たこの映画のこんな一コマ一コマを妻が覚えていたとは思えない。しかし、私は庭先に沙羅双樹を植え、机の上に男物の数珠を置いた妻が、この映画もやはり残していったのだと思わざるを得ない。

妻は天命を知っており、私はいたずらにおろおろと涙ばかり流していたのである。

病気になったまさ子は、点滴注射で露命をつないできた。前田外科の一六一日間に二一八本、豊橋市民病院へ再入院してからの六十六日間一八八本、合計四〇六本もの点滴注射が、くる日もくる日もまさ子の両手と腕とを襲った。しかも再入院後の点滴にはすでに病気治療の効果は少なく水分と栄養の補給、胃の調整や吐き気止めといった、その場しのぎのものにすぎなかった。それでも、ものがノドを通らなくなり、水さえも飲めなくなってきて、やがて点滴がただ一つの命綱になった。だが、すでにまさ子の両手の血管は注射針に耐えられる個所とて、ほとんどなく、点滴注射を打つ看護婦の技量が大きくものをいうようになってきた。

六月十七日の日記。

朝、私の作ったおかゆを少しと梅干しをなめる。黒玄スープはおいしいと言って、二口三口飲む。しかし、自分から体質改善をしなくちゃあと言った牛乳は飲まない。午前の点滴注射はH看護婦、難なく入り二本目が十一時に終わる。H看護婦は冷たい手でまさ子の腫れた足をさわっては「気持いい」と喜ばせて行くやさしい人である。

昼食に珍しく朝のおかゆの残りを食べ、二口三口ではあるがおいしいと言う。千代娘のいかそうめん少し、トロロ汁はちょっとなめただけ、せっかく食べたがっていた親子風ご飯は手をつけない。点滴の中には胃の薬も入っているが、もう食欲はなく、ただ食べて少しでも力をつけようとの一心から無理にものを口に運んでいるだけである。それでもスイカはおいしそうに三角に切った角をしゃぶり、「きょうはいい日！」とニッコリする。

午後四時、Ｉ医師来室。私たちから見れば少年のように若い笑顔のやさしい医師である。廊下でＩ医師とＩＶＨ（持続点滴）の話をする。昨夜の看護婦が、点滴が入らずちょうど居合わせた婦長が上手な人を呼んできて、ようやくできたので、もう点滴は無理だという。ＩＶＨで持続点滴にすれば注射針が入らない心配もなくなるという。もしやるのだったらあす午後にやりたいから返事が欲しいとのことである。病室へ戻ってちょうど夕食の前ではあったが、まさ子と目が合ったので、さりげなくこの話をする。が、まさ子はたちまち聞きとがめ、両手を見ながら「もう点滴も入らないのね、なぜＩＶＨまでして生きなければいけないの、何のため？」といって涙を流す。

かねて、自分は点滴が入らなくなったらこの世に別れるときだときめていたようである点滴注射はたしかに難しくなってはいるが、まだ上手な看護婦なら一回で入る。しかし看護婦の当番制が絶対的にかたくなで、上手な人にお願いすることがどうしてもできない。反対に下手な看護婦が、三、四人いてどういうわけか昨夜も今夜も、その下手ばかりの組み合わせになっている。

病院生活で今まで、ほとんど涙を見せなかったまさ子が泣きながら少し吐く。急いで夜のうがい用の例のお水を取りに行き、帰ってからもまさ子は茶褐色の液を吐き続け止まらない。夕方の点滴が入れば吐き気止めの効果は期待できるので、看護婦の詰め所へ点滴注射を頼みに行くが、Ｙ・Ｆ両名のみで点滴注射は不可能。病室へ帰るとまさ子と娘の二人が声をあげて泣いている。まさ子が「どうせ駄目なら、もう治療はいらない」と言ったためである。きょうは婦長も早々と姿を見せない。まさ子を慰め、相談して今夜の点滴はあきらめる。が、その代わり吐き気は止まらない。

F看護婦が尿と便の回数、食事の量を聞きにくる。病人よりは事務記録の方が大切なのか。吐き続けるまさ子の方はチラッと見ただけである。夜九時。F看護婦にI医師へ連絡を頼む。F看護婦「きょうI先生は宴会で家にはいないはずです」と言って連絡しようとしない。そこで当直医に連絡を頼む。まさ子は延々と吐き続け、看護婦は何も言ってこない。吐くものを受け、口をふいてやるだけで慰める言葉もない、暗く悲しくつらい七時間が過ぎ夜十二時。看護婦詰所へ行ってF看護婦にどうなっているかと問う。F「もう一度先生に連絡します」という。私が「もう一度というが、本当に一度は連絡したのか」とさらに念を押すと、横からY看護婦が、「全然連絡はしていない」というではないか。

ここで私はついに怒りがこみあげてきた。「キミたち、殺すものなら殺してくれ！　もう頼まない」というと看護婦は急に慌てて当直医を呼びに行く。間もなく当直のK医師がくる。私は「もう医者も看護婦もいらない。明朝院長に来てほしい」という。K医師は温厚な人で、連絡の悪かったことをわび「医師の義務として診せて欲しい」と言う。

K医師が病室へ入ると、まさ子は少し安心したような表情を見せる。K医師は患者を診ながら「看護婦といっても会社勤めと気分は変わらないし、ここは組合が強くて共産系だから、院長でもどうにもなりませんよ」と仕方なさそうにつぶやいた。

K医師の発言は無責任というのか、率直というのか、私には真意はわかりかねた。そこで私は「医療は堕落しているということですか」と反問した。K医師は、今度は穏やかな口調で患者に話した。

「IVHのことはI君の説明が不十分だったようだが、鎖骨下静脈に血管確保をするだけでいいんですから大丈夫、大したことありませんよ」

と、まさ子に慰めるように言い、ちょうど深夜の交代で出勤してきた点滴注射の上手なT看護婦に来るように指示して帰って行った。病人も私もやっと安堵の思いに胸をなで下ろして点滴を待つ。が、どうしたわけか、待つこと小一時間、T看護婦は現れない。不審に思った私が看護婦詰め所に見に行くと、交代で帰るY・F両看護婦との事務引き継ぎをしているではないか。私は内心驚いた。すぐきて欲しいと頼む。「もう少し待ってください」と、だれかが答えた。私は思わず強い口調で「すぐきてくれ」と言う。

T看護婦は日ごろから挙措態度もしっかりしているが点滴も上手で、ものの五分もかからずにただ一回の注射針はパッと入る。こうして午前一時三十分、まさ子は吐き続けながら待つこと八時間三十分の後、ようやく安心して浅い眠りにつくことができた。

〈六月十八日の日記〉

昨夜から今朝にかけて、付き添いの私は当然のことながら一睡もせず、病人の枕頭につく。朝、曇り空の窓をあける。まさ子はもちろん何もノドに通らない。娘がきて私がウトウトしかけたところへ婦長来室。婦長の弁明を廊下できくが詮方もなし。そこへ若い河合医師が現れ、肩をそびやかして私に詰め寄ろうとする。いったいどういうつもりなのか。婦長はあわてて、その医師を連れ去る。病室に戻るとI医師がまさ子にＩＶＨのことを話している。私が昨夜半、Ｋ医師から説明のあったことを話す。結局、まさ子からI医師に「通常点滴で入る間は続け、いよいよ入らなくなったらお願いします」ということでI医師も承知する。

朝の点滴注射、ボリューム豊かなI看護婦が一回で決める。「まだまだ大丈夫よ、いよいよになれば足にだって出来ますよ」と親切な声をかけてくれる。まさ子は微熱が続き、全身のだるさを訴える。昨夜、吐きつづけ相当体力を消耗したのか、午後になって自分から「導尿管をつけて欲しい」という。ベッドわきのポータブルトイレに下りてウガイをするのがただ一つの楽しみなのに、今はそれだけの気力もなくなってしまった。

〈六月十九日の日記〉

夜半から、明け方にかけてよく眠れぬらしい。微熱が続き、きょうは朝から三十八度一分ある。点滴の上手な看護婦が続きありがたい。しかし全身がだるく、特に足がだるいという。娘が温湿布でマッサージ、私が酒精綿でぬぐうと、そのときだけは気持ちよいという。まさ子は、私の顔をじっと見て「お父さん、私まだ若いのに」とうっすら涙を流す。が続いて「でも明治の人はみな若かったわね」といって自らに納得させるように、目だけでほほ笑んで窓外に視線を逸す。

夜中、三十八度一分の熱が続き医師に連絡を頼むが、何も言ってはこない。

〈六月二十日の日記〉

やはり三十八度の熱が続く。回診のY医師に、まさ子が涙ながらに訴えるが、医師は困ったような素ぶりで立ち去る。幾日か前に娘が「もう一口でも二口でもお母さんに食べさせたいのですが、先生何とかなりませんか」と訴えたのに「どうしようもないね、お父さんから聞いてないの?」と冷ややかに答えた医師である。その医師にさえ、すがろうとする病む者の胸中はいかばかりか。私は黙ってまさ子を見つめるのみ。

〈六月二十一日の日記〉

午前の点滴九時すぎても何も言ってこない。娘が温湿布のタオルを貰ってきて、点滴のためにまさ子の両手腕先を温める。三十分、四十分、タオルがさめてしまうので、娘が看護婦を呼びに行くがくる気配なし。ついに私が詰め所に行って「婦長さん、何とかして下さい」と言う。T看護婦がくるが、集中心なくうまく行かない。「交代してきます」と、あっさり言いかけたとき、今日まで看護婦に対し「すみません」と「ありがとうございました」しか言ったことのなかったまさ子が、熱にうなされながら、しかし、はっきりした口調で、両手を少し上げるようにし、キッパリと言う。

「もういいの、私がどんな気持で、こうして待っているか、わかってもらえないのなら、もう点滴は、やってくれなくてもいいわ」

これが看護婦に言ったまさ子の最後の言葉となった。

そして看護婦は、だれもこなかった。

臨終

六月二十日夕刻、熱は三十八・六度に上がり、まさ子は幻覚を夢みつつ「お父さん、私まだ行きたくないのに、大勢お迎えがきている。どうしよう」と、両の手をふるわせて私の手をすがるように握る。私はただ「大丈夫、大丈夫だよ」と繰り返すのみ。まさ子の寝入るのを待って休眠に帰宅する。私も疲れてはいたが、いま思えば、冷たいことをしてしまった。まさ子は、その後も目ざめてはうわごとをいい「今、お腹の水が出るのに出ない、お腹を打ったら出るかしら」と懸命にお腹を打とうとする。娘が困って泣くように「お母さん、きっとさする方が出るよ」となだめながら、さすってあげたという。

翌朝四時に起きる。無駄と思いつつ、おかゆと黒玄スープを作り、急いで病院へ行く。まさ子も娘も目ざめている。朝の点滴は看護婦に見放されてやらぬまま解熱剤と利尿剤の注射をするが効果はない。所定の点滴が入っても一日三百カロリー程度にすぎないのに、全く何の補給もないまま、一日を過ごすことになる。その間、有井婦人科部長に呼ばれ詰め所へ出向き話し合う。有井部長は会うたびに「積極的な延命治療をとるかどうか」ときかれるが、どういう処置をとると、どうなるのか具体的な説明がないので返答ができない。

そこで私は「人間の命には限りがあるから、生死のことは致し方ない。しかし、あといくばくもない命の一日と元気な者の一日とではわけが違うと思う。わがままを言うかもしれぬが、まさ子が有井部長をご信頼し、また昨秋いったんは入院してのち東京へ行き、再度お世話になった以上は、あくまで有井先生にお任せするという患者としての義理をわきまえての事でもあるから、かえってご迷惑なのかもしれぬが、どうかこの気持ちを分かってほしい。病人が苦しむような延命策は講ぜずとも、出来るかぎりを尽くして静かに終わらせてやりたい」とお願いする。

午後三時、まさ子が床ずれのために使っていたウォーターマットが落ち着かぬというので、急いで取り寄せた空気マットに移す。婦長と主任とが手伝ってくれる。まさ子が突然ハッキリした声で「お父さん、大変だわ。ケツに抜き私が流しに「ザァッ」あける。ウォーターマットの水をバケツに抜き私が流しに「ザァッ」あける。

ね。でも滝の音のようで気持ちがいいわ」私も内心で滝のようだなと思っていたので、自然に目を見合わせる。空気マットに移ったまさ子は「これゴザの上みたい。気持ちがいいわ」「これなら畳と変わらない」とうれしがる。畳の上で死にたいというのがまさ子の願いであったから、私も娘も顔を合わせてちょっとうれしい気持ちになる。

一息つく間もなく、四時から鎖骨下静脈に点滴確保のための針を打たなければならない。I医師が五回ほど打つがうまくいかない。K医師を呼んでくるが、やはりてこずってなかなか大変である。五時半近くなってようやく成功する。その間、まさ子は首を曲げたまま、目を閉じてじっとしており、顔色が一層白くなる。鎖骨下の静脈が深くてなかなか届かなかったのである。まさ子はある種の勘でこれを悟っていたのではないか。

こうしてやっと病人の体は水や栄養の補給が可能になり看護婦が点滴をセットする。K看護婦が十二時間ペースの点滴を落とすので私が、朝から何も入ってないし、脱水状態でもあろうから、最初は通常の点滴にしてくれと頼む。K看護婦はやや高い粘っこい声で言い返して、なかなか聞き入れない。目を閉じたまま、まさ子が「お父さん、看護婦さんに任せておいていいの。それが私の運命なのだから」と言う。「駄目だよ、お父さんを信じなくちゃあ」というと、ウンとうなずき「みんなわかっているの」と私を見つめる。

点滴が始まると、まさ子は一安心した様子で「このベッドの効用がまだ確めてないわ」とリクライニングの状態を知りたがるので、そろそろとベッドを起こす。空気マットのでこぼこが横目になっているので、とても具合がよい。まさ子は子供のように上機嫌で「パンフレット見せて」と娘が買ってきた本を手にし、付せんの個所に目をやりながら「ナコちゃん、いい本みつけてくれたのね」と、たとえようもなくうれしそうであった。

ひと眠りしたまさ子は、目をあけて点滴を見つめ「これから点滴は私が見るから」という。娘もお父さんも信用できない？と笑談めかして問うと「ううん、他人さまはみんなね」といたずらっぽくいって、無心に目を閉じるが、しばらくしてまた目をあけ「お父さんが点滴を見ている人生なんてかわいそう。わたし、自分のことは自分で管理するから大丈夫よ」と、四〇度の熱にうなされながら、うっすらと顔が汗ばんでいる。ぬるま湯のおしぼりでふいてやる。「お父さん、やさしい」と二回くりかえして、気持ちよさそうに眠る。これが、まさ子の終焉の言葉となった。それから幾時間もの闘いののち、熱は四〇度から下がらず、酸素マスクも自らの手でもういらぬと合図し、両眼にうっすらとなみだをたたえて事きれたまさ子。

I医師と私に手を執られ、娘に見守られて、やがて白くほほえんだやさしい寝顔になった。

六月二十二日十二時三十三分。

素心明聖大姉、合掌。戒名は私のつくったものを、長養院住職が平仄を合わせてくれた。

「告知」のかたち

「これは根治しません。早ければ一カ月、長くて三月《みつき》」

有井婦人科部長はこれだけを静かに言った。初対面の医師からいきなりこの言葉を聞かされて、一瞬わが耳を疑うような時が止まったような心地になった私には、恐ろしいことを事もなげに告げられる情景の中で、私自身が絵のように動かなくなったように思えた。

最初に今村先生に診察していただいたときの検査結果でも、並々ならぬ病勢であることは推測し得たはずなのだが、私には妻が病気になること、それもすでに命旦夕に迫っているなどということは、どうしても納得できなかったし、病状の告げられていないまさ子自身は「私は大丈夫」が口ぐせで、今日まで何十年もの間床についたこともないのだから「入院」することだけで不治を告げられた私以上に驚いたのに違いなかった。

私たちは東京へ行こうと思い立った。私と娘とは涙ながらに相談し、どうせ助からぬものならば、東京のどこかで親子三人だけで最期を楽しく暮らそうと思った。豊橋市民病院にあること三日。四日目の朝、ある人のお世話で赤坂見附の前田外科へ移った。

JRの駅員が親切に車いすのまさ子を三人がかりでホームの階段を運んでくれた。名古屋からかけつけてくれた田中弥生さんがかいがいしく列車に荷物を運び込んでくれる。新幹線の窓からはきれいな富士山が見えた。ホテルで一泊。翌十月十二日午後二時、前田外科に入院する。四階の院長室の隣のゆったりした部屋で、まさ子がベッドにつくことができ、不安の中にも軽い安堵の憶が三人の胸をなでおろす。

病院に着くとすぐ超音波腹部検査、胸部レントゲン、病室では血液検査、心電図、血圧測定、抗生物質反応検査などが手際よく続き、その間病人はおやつのプリンをおいしく食べる。さらに四時～六時三十分くらいかけて点滴を打ちながら、腹水を少し抜く。夕食はきれいに揚がった天ぷらがおいしく、まさ子は東京にきてよかった、と笑顔を見せる。

明るく十三日ＣＴスキャナ、夕刻慶応病院から野沢医師来診。前田先生、野沢先生に私も交じえて治療方針を協議する。前田先生は外科の先生だが、切ることは後にして、まず化学療法を行うことに決まる。私は病名や、治療方法などは患者にはなるべく知らさずにおきたいと思うと言い、両先生も同意される。

ところが、いよいよ治療をはじめるに当たって、若いＳ医師から「病名はともかく、治療の方法など患者に説明しないでくれと言うのは、どういうわけですか」と、やや硬い表情できかれる。私は「せっかくここにきて、少しでもおいしく食べられる状態が続いているのに余分なことを考えさせない方がよいと思う」と答える。しかし、この問題はこれでは済まず、外来で前田先生と数人の医師たちとが一緒に「この治療はかなりきびしい副作用があり、例えば吐き気とか、頭髪が抜けるとかいうことになるから患者さんの協力がなければできない。それを黙ってやるわけにはいかない」と若い医師たちは、皆こういう意見であった。私は「先生方を絶対信頼してお任せするのであり、私が知っていれば大丈夫である。私から話せばどんなことでもわかるし、病人に異論はないはずである」と答える。

「告知」に関しては豊橋市民病院へ再入院したときも、やはり「告知する」というのが大方の医師の意見であった。私はガンの告知はその患者の人となりや、置かれた環境、予後の良しあし等、いろんな条件を勘案してきめなければならぬと思う。しかも「告知」した場合は、医師にもそれだけの覚悟が必要であろう。医師が患者と苦楽をともにする決心がなければ、いたずらに患者に不安を与え、ときには言い知れぬ絶望感を抱かせる結果にもなりかねない。

しかし半面、病名を告げぬために病状の説明ができないことにもなる。豊橋市民病院でも有井部長から「病気の説明をしないので、患者が不満をもっているのではないか」と言われたことがあった。それはまさ子がはじめて出血して驚いて訴えたものの、ちっともとり上げてくれないので、「すぐ診察して欲しい」と言って有井部長のご機嫌をそこねたときのことであった。病人というものは病気が何であれ、少しでもよくなろうと、希望をもとうとしているのだから、その心情を察してときには効果の期待できない手当も必要なのではないかと思う。

有井部長はとにかく腸の診察をし、翌日回診のとき、まさ子に「具合はどうか」とき き私に「あとで詰所へくるように！」とやや命令口調であった。まさ子はそれをききとがめ「有井先生は、あなたにいつもあんな言い方なの？」と不審（信）の面差しを見せ、何かをはっきりと感じとった。病名を告げることだけが「告知」ではないのである。

月日は去る

「早いものね、このあいだまで暑かったのに、もう秋のかぜ」

M外科に入院したまさ子は、自分の来し方、行く末を思う風情で窓外に目をやった。それから二百六十二日、冬が来て春が去り、「一日霽れた日に家へ帰りたいわ」とつぶやいて薄墨色の空が続くまま思いかなわずに世を去った。「早いもので」それから七十七日の法要を今日迎えようとしている。

まさ子のことをわが家では何と呼んでいただろうか。「まさ子」「お母さん」「お前」というほどに私たちは家中で顔をつき合わせている時間が少なかったし、「キミ」などというしゃれた呼び方は一度もなかったことはたしかである。日常は「さあ行くよ」とか「ああ、くたびれた」とか呼称のないひとりごとのような会話が一番多かった。

まさ子はときに、私に対してははっきり意見を言うこともあったから、決して遠慮がちだったり古風に夫に仕えるといった素振りはなかったが、しかしまさ子の意見を私がとり入れることもめったになかった。例えば「お父さん、帰るとき一本電話を下されば、すぐ支度をしておくのに」と私に夕餉を待たさぬようにと思って言ったとき、私の答えは「オレが一年に二度か三度歩いて帰ることがある。そのとき途中の家の中につながれている犬がほえない。よその犬がめったに通らぬオレの足音を覚えているくらいだから、女房なら亭主がいつ帰ってくるくらいは分かるんじゃあないか」といった具合であった。まさ子はもちろんそれ以上は何も言わぬ、というのがわが家の生活様式でもあった。

人生の帰趨についても、私は楽観的で、わが家は国のために殉難した者の子孫であるから、他人に迷惑をかけるような暮らし方をせぬかぎり、安泰である。これがわが家の無防備の定理であって、ましてまさ子は殉難九十六士のお墓の世話係であり、そのうえ、まさ子には人を裏切るような行為は全く考えられぬのであるから、当然の結果として、その身の上に病気にかかるというような不幸が起こることなどあり得ぬ道理であった。

病院へ入ってからのまさ子は「お父さんはすぐものごとを決めてかかる」と言ってときに私の判断に異議をたてたが、私がわけを話せば「わたし、みんなわかっているのに」といって笑顔をつくったのだった。

まさ子が元気だった三十年近くもの間、夜外で酒を飲むといった習慣のなかった私は、出張でもないかぎり、ほとんど家で夕食をした。その間にわたって、私は「晩飯の小言を言ったことがない」というのがいかに自分が辛抱がよいかの証として、いわば私の自慢であったのだが、市民病院に入院してからのまさ子に三度の食事を運んでわかったことは、どんなにおいしいといったものでも「これ昨日いただいたわ」といって二日と続けては食べないことであった。三十年もの間、毎日、栄養や目先の変わった料理を心がけるうちに、いつしか自分自身が同じものを続けて食べられなくなってしまったのであろう。

二十三年（日本婦道記）以上なのだから当然のこととはいえ、反対に私は二十三年以上の気がつかぬ男になって、まさ子の病気にも気付かなかったのである。

実務家としてのまさ子は、型紙を作らずに服地を断つようなこともしたが、料理もほとんど我流の味であり、その味で私も娘も丈夫に暮した。病院で亡くなる少し前に技師が心電図の動きを見て戸惑っていると、すかさず「ベッドの電源を抜いた？」と助言とも指示ともつかぬ態の言様で、技師を慌てさせた。日ごろ勘に生きるまさ子の面目躍如たるものがあった。

わが家で私がくりかえし言い求めてきたことは、人生はできるだけ他人のことを重く考え、自分が犠牲になるよう計らい、なるべくひとに気取られぬようにすること、ということであった。しかしそのために当の本人である私もまさ子だけがひそかに私の胸中を察するのみということが多く寂しさのただようこともあったが、まさ子自身は私よりずっと純粋に、だれにも何も求めず、その実行により子供のように無邪気な心境になっていった。

私の読んだ本は殆んど読まず、古いもので「とわずがたり」最近では「ひとびとの跫音」など数えるほどで、私の胸の奥などわかるはずもないということになっていたのだが、まさ子の流儀はそんな観念ではなくて、生きているものとしての私を、そのままわかっていたのではなかったか。

「わかる」ということの意味が実在のものであるということを身をもって教えてくれたまさ子は、今、日月とともに去って、いない。

憂きわれを淋しがらせよ閑古鳥

故き妻の悲歌

去る六月二十二日に、私の妻まさ子が世を去って、今日で半年の月日が過ぎた。去年の今ごろは手術も無事（?）に終わって、病人は仄んのりと希望をもって、娘の成人式の着物のことなどしきりと心配していたのだった。思えば日月は過酷に過ぎ去って行くものである。

まさ子の初盆のころ、私は彼女のために一編の詩を作った。それはメロディーをつけてうたうことのできる詩で、さてだれに歌ってもらおうかということになった。私はテレビをあまり見ない。ましてドラマとか歌番組とかはほとんど知らないので、歌い手には全くあてがなかったが、まさ子が好きだった歌手が菅原洋一であったし、私の、作品と言えるほどのものではないけれど、何となく菅原洋一がよいのではと思われたので、ある人から私の原稿を菅原氏へ届けてもらったのである。

八月も終わりに近づいたある日、その人から、電話が入り、八月二十八日の夜七時、私たちは浜松のホテルの別館で会同した。私が菅原洋一氏に送った詩は「故《な》き妻の悲歌《うた》」であるが、ここは菅原洋一氏の唄うカセットになった「私の愛」と、他に一編「わかっているの」を掲げる。

私の愛

作曲　神原　寧
唄　菅原　洋一

(一)

私の愛は　かくれているの
あなたに逢ったその日から
そ知らぬふりで
ひとりで　いたの
あなたの胸の影のなか
わたしはだけど急いでいるの
わたしの愛は急いでいるの

(二)

私の愛は　ひそかに行くの
あなたの眠る枕辺を
そ知らぬふりで
しづかに　ぬけて
あなたの心のひだのはし
そっと振向き急いでゆくの
私の愛は急いで行くの

（三）

私の愛は　見えないしづく
あなたの渇いた泪のあとを
そ知らぬふりで
やさしく　濡らし
あなたの夜の悲しみに
ほのかにふれて急いでいるの
私の愛は急いでいるの

（四）

私の愛は　静かなといき
やがて別れるあなたのために
そ知らぬふりで
ひとりで　涕いて
あなたの知らぬ黄泉のたび
白く微笑み急いでゆくの
私の愛は急いで行くの

わかっているの

作曲　神原　寧
唄　戸田　美佐子

私の織った服を着て
あなたは　何処かへ
行ってきた
あなたがどんな容顔《かお》しても
私は　みんな
わかっているの

あなたのかいた絵の中で
わたしは　ひとりの
女なの
誰も知らないことだけど
私は　みんな
わかっているの

私の閉ぢた瞼の裏で
あなたはいつも

やさしいの
あなたがたとい憤っても
私は　みんな
わかっているの

あなたはいつも遠い人
わたしの献立て
夢うつつ
それでもいつも悦しいの
私は　みんな
わかっているの

私のいのち盡きるとき
炎《ほむら》かなしく
消えるとも
情《こころ》の紲《きずな》　永遠《とわ》の色
私は　みんな
わかっているの

初出

小閑

木の家	昭和四十二年　八月　十九日
医師と人格	六十三年　六月二十四日
ここに幸あり	六十三年十二月　十九日
ある医師　—回想と随想の記録—	平成　元年　五月　二十日
「北方領土」と父　—わが路地裏の人生と—	三年　四月二十六日
流氷の海	四年　九月二十六日
JR労働組合の話	四年　六月二十八日
美を生きる	四年　七月　十一日
「時習館」のころ	五年　十月　十八日
潔癖と正直	五年十一月　八日
日本人バブル説	五年十二月二十八日
前田外科と逸見さん	六年　一月二十一日
「本質」について	六年　四月　四日
終戦五十年…　戦車十一連隊の法要	六年　六月　二日

宇宙楽天	平成　六年　七月二十四日
「いじめ」の構造	六年十二月　十七日
修身　―戦後五十年―	七年　六月　三十日
占守島慰霊の旅	七年　十月　一日
われは海の子	七年十一月　七日
勲章の値打ち	七年十二月　十九日
断食芸人	八年　一月　二十日
後生に残るもの	八年　十月　三日
「人生会館」	八年　十月二十六日
ねんきん	九年　四月二十二日
欲望という名の民主主義	十年　七月　十五日
無言館	十年十二月　十七日
靖国	十一年　五月　七日
それでも地球は動く	十二年　一月　十九日
色をつける	十二年　二月　六日
異邦人	十二年　五月　七日
「神の国」	十二年　六月　一日
軍使長島大尉	十二年　八月　十日

「これは これは」すばらしい　平成　十二年　十月二十一日
二十世紀最後の暮の二十八日　十二年十二月二十八日
奇跡を生きた少年　藤井威前スウェーデン大使の回想　十三年十一月　九日
教養について　十三年　三月　十日
七つの子　十四年　三月　十日
地金《じがね》　十四年　四月二十七日

以上は文藝春秋平成七年十月号に掲載された「占守島慰霊の旅」以外東海日々新聞に掲載されたものである。

莽　くさむら

骨壺
母の死　平成　十七年　十月　十四日
「ゆうべの夢」　～小坂英一君を送る～　十七年　十月二十六日
惜別　大塚公歳君　十六年　三月二十六日
中ちゃんとの別れ　十五年十二月二十一日

比島歴戦の勇士　桂文雄さんの静かな死	平成十五年四月二日
惜別　青木さん	十五年二月二十六日
蔭山君の死	十三年四月六日
コミさんの死	十二年三月十七日
小林禮子さん逝く	八年四月二十八日
—残念ながら×です—　司馬さんとの別れ	八年二月十六日
淡く交わること久し　～杉元正彦さんの死～	六年十二月二十五日
常識を捨てた社会党の闘士去る	六年五月五日
長屋重明先生　さようなら	五年十二月十五日
長屋重明先生遺稿集「黄連雀」	六年六月九日
白井健二氏を悼む　—青波をたたえた沈思の人—	五年十月九日
延海先生逝く	三年二月二日
仁川杜芳さんとの別れ	昭和五十九年五月十三日
わが師　佐藤一平先生	五十六年一月二十一日
お別れ　滝崎先生	五十五年九月六日
老狙撃兵の死	四十五年七月三十日

まさか　補遺

マサコ　ヲ讃エル	昭和六十三年　七月　一日
涙	六十三年　七月　五日
点滴	六十三年　七月　十九日
臨終	六十三年　七月二十六日
「告知」のかたち	六十三年　八月　二日
月日は去る	六十三年　八月　九日
故き妻の悲歌	六十三年十二月二十二日

「母の死」「ゆうべの夢」「惜別大塚公歳君」「中ちゃんとの別れ」「比島歴戦の勇士桂文雄さんの静かな死」は東愛知新聞に、その他は東海日々新聞に掲載されたものである。

初出に対し若干の加筆訂正を行ったものがある。

あとがき

冥途の土産にもならないようなものが、ちっともはかどらないうちに、だんだんそれらしくなってきた。表紙もカットも例によって野見山さんに戴いたものであり、見かけだけはご覧の通りである。骨壺にも野見山さんの絵がついている。それでも思い残すことは、まだ一ぱいあるが、それは自分に対する思いである。黙って行く方が、どんなに清々しいことか知れないが、こうして置けば冥途ではただ黙っていればよいかなと思う。

そんなもののために山下智恵子氏に帯文をいただき、本多優子さんには原稿の整理をお願いした。第一巻、第二巻に続いて玲風書房編集部にお世話をかけた。心からお禮申し上げる。

二〇〇八年 三月

坂 上 吾 郎

◆著者紹介

坂上吾郎（さかのうえ・ごろう）

1932年　豊橋市に生まれる。

1968年　月刊誌『石風草紙』を主幹・発行。（1983年12月迄）

1989年　「私の愛」「故旧よ何処」を作詞する。
唄・菅原洋一、作曲・神原寧　発売・ポリドール（株）
その他豊橋市において発刊される日刊紙、東愛知新聞及び東海日々新聞（東日新聞）に随筆を寄稿する。

本名　池田　誠（いけだ・まこと）

1960年　税理士登録

1983年　『税務調書マニュアル』（共著）ぎょうせい出版。

1993年　『経営に活かせるコンピュータ実務』をダイヤモンド社から出版。

1995年　文藝春秋巻頭随筆10月号執筆

1997年　『北千島　占守島の五十年』（編著）を國書刊行会から出版。（独立行政法人 情報処理推進機構 承認事業）

2000年　中高年向経営管理学習システム「さあ　はじめよう」全五巻を完成する。

2002年　特許発明者登録№3357044「コンピュータを用いた財務会計の処理方式及びプログラム」を発明。

とき世　坂上吾郎 小説小閑集　Ⅲ

二〇〇八年三月二五日初版印刷
二〇〇八年四月　一　日初版発行

著　者　坂上吾郎
発行者　生井澤幸吉
発行所　玲風書房
東京都中野区新井二—三〇—一一
電話　〇三（五三四三）二三一五
ＦＡＸ〇三（五三四三）二三一六

印刷製本　株式会社　ワイズ

ISBN978-4-947666-46-8 C0093